KARL JAKOB HIRSCH

Heimkehr zu Gott

Briefe an meinen Sohn

Herausgegeben
und mit einem Nachwort versehen
von Walter Huder

R. BROCKHAUS

Die Originalausgabe erschien 1946
im S. Fischer Verlag Frankfurt/M.,
die Taschenbuchausgabe erschien 1967
im R. Brockhaus Verlag Wuppertal

Umschlaggestaltung: Carsten Buschke, Solingen
Umschlagfoto: Hackenberg – ZEFA, Düsseldorf
Gesamtherstellung: Ebner Ulm
ISBN 3-417-24121-9

»Wenn man der Nachwelt etwas Brauchbares hinterlassen will, so müssen es Konfessionen sein, man muß sich als Individuum hinstellen, wie man's denkt, wie man's meint, und die Folgenden mögen sich heraussuchen, was ihnen gemäß ist und was im allgemeinen gültig sein mag.«

GOETHE an Zelter
1. November 1829

»Es sei denn, daß jemand von neuem geboren werde, so kann er das Reich Gottes nicht sehen.«

Joh. 3, 3

Geschrieben in New York N. Y. vom Februar bis Juni 1945.

Vorwort

Mein Sohn, dieses kleine Buch ist für Dich geschrieben. Diese Briefe gehören Dir. Du wirst sie lesen, nicht jetzt, denn Du bist noch jung, zu verwickelt in Dein Jungenleben, als daß Du Dich mit dieser Geschichte meines Lebens abgeben könntest. Doch ich bin gewiß, daß Du sie einst lesen wirst, in zehn oder zwanzig Jahren, vielleicht bin ich dann nicht mehr auf der Welt, oder ich lebe irgendwo fern von Dir.

Ich schreibe Dir diese Briefe, damit Du siehst, wie Dein Vater gelebt hat, wie er den rechten Weg suchte, oft in die Irre ging, und doch heimkehrte zu Gott.

Ich erzähle Dir die Geschichte meines Lebens, nicht weil mein Leben so wichtig ist, sondern weil ich mich bemühte, ein Beispiel zu sein. Ich sage »Beispiel« und nicht »Vorbild«, denn kein Mensch ist Vorbild für den anderen. Ein jeder muß seinen Weg selbst finden; er wird ihn nicht finden, wenn er ihn nicht sucht. Vermeide die bequemen Wege, mein Sohn, und die ausgefahrenen Straßen, scheue nicht vor dem Gestrüpp zurück, bahne Dir den Weg, Du wirst die Lichtung finden.

Ich wuchs in einer Zeit auf, in einem Lande, das Deutschland hieß. Heute ist es verwüstet und ruiniert.

Ich wurde in einer Zeit geboren, in der der bürgerlich strebsame Mensch sein Auskommen hatte. Es war vor 53 Jahren an einem rauhen, nebligen norddeutschen Tage. Die Stadt hieß Hannover. Nun ist sie in Schutt, wie fast alle großen Städte dieses Landes. Damals aber war sie eine blühende, tätige Stadt, in der eine zufriedene und fleißige Bevölkerung lebte. Der König von Preußen regierte mit starker Hand, aber unter gerechtem Gesetz. Alle fühlten sich sicher und geschützt; selbst die Juden.

Ich lebte in der Atmosphäre eines jüdischen Bürgerhauses. Mein Vater war Arzt. Die jüdische Frömmigkeit war Sinn und Inhalt der täglichen Bemühungen.

Der Großvater meines Vaters, mein Urgroßvater, war der große Rabbiner Samson Raphael Hirsch, der Begründer der jüdischen Neu-Orthodoxie in der zweiten Hälfte des 19. Jahrhunderts. Er bekämpfte die liberale Reformbewegung und forderte die »Erziehung der Zeit zur Tora«, statt der »Nivellierung der Zeit nach der Tora«. Rabbiner Hirsch war ein Kämpfer und fruchtbarer Schriftsteller. Die Erinnerung an ihn, die Tradition, die seinen Namen trug, verpflichtete alle Nachfahren. In meinem Elternhaus war sein Bild nicht nur äußerlich vorhanden. Mein Vater versuchte, der Tradition gemäß zu leben und sich und seinen Kindern bewußt zu machen, daß sie das geistige Erbe von Samson Raphael Hirsch bewahren müßten.

So wurden wir erzogen, mein Zwillingsbruder und ich: fromm und gesetzestreu. Ein guter Jude, das bedeutet, ein Mensch zu sein, der in jeder Stunde vom Gottesbewußtsein erfüllt ist. Der Gottesdienst bestand nicht nur im Besuch der Synagoge, er war der tägliche, ja stündliche Dienst des Knechtes Gottes. Gottes Gegenwart war in den kleinsten und unscheinbarsten Dingen und für den frommen Juden wurden diese Dinge durch Gott geheiligt. So wurde es meinem Vater gelehrt von seinem frommen Vater Isaak Hirsch, so lehrte er es seine Söhne.

Ich wuchs zusammen mit meinem Bruder auf, führte ein behütetes, ja verzärteltes Leben. Schon die kleinste Erkältung konnte eine Komplikation in sich bergen. So dachte mein Vater, der Arzt. Mein Bruder und ich benutzten die Ängstlichkeit meiner Eltern, um der Schule sooft wie möglich fernzubleiben. Meine Mutter war in ihrer Besorgnis um das Wohl ihrer Söhne in nichts von der meines Vaters unterschieden. Ich habe sie in Erinnerung als eine schöne, immer etwas ängstliche Frau, sie zitterte vor den Gefahren, bevor sie auftauchten. So wuchs ich auf, beschützt durch eine Familie, in deren Leben die Kinder der Mittelpunkt waren.

Und dann kam die Schulzeit. Es war nicht das fröhliche Lernenwollen, das eigentlich ein jeder Junge in sich spüren sollte, das mich in die Schule trug, es war der Zwang und nichts weiter als das. Im Elternhaus gab es keinen rechten Widerstand, es gab keine Strafe, es gab nur ein Traurigsein der Eltern, wenn die Kinder etwas Unrechtes taten. Aber die Schule gehörte zu den Pflichten, denen sich ein deutscher Staatsbürger unterwerfen mußte. Mein Bruder und ich besuchten das Lyzeum II, das später Goethe-Gymnasium hieß. Der Name des größten deutschen Dichters war hier mißbraucht, um einer Drill-Lehranstalt den Anschein zu geben, als ob Humanität im Goetheschen Sinne dort zu Hause wäre. Dem war nicht so. Vielleicht kommt es daher, daß ich erst viel später die Abneigung gegen den Weimarer Dichter überwand.

Dann, als ich Goethe entdeckt hatte, verlor ich ihn nie wieder.

Die Lehrer waren alt, verstaubt und lebten in einer Welt, die nichts mehr mit der Wirklichkeit zu tun hatte. Da war besonders ein Lehrer, er nannte sich »Knabenlehrer Jünger«, er war eine komisch-gravitätische Zeitfigur. Er hatte schon meinen Vater unterrichtet und ihm die Wissenschaft des Rechnens mit denselben Worten beigebracht, wie er es bei mir versuchte.

Als ich meinen ersten Roman schrieb, der im Jahre 1931 unter dem Titel »Kaiserwetter« erschien, benannte ich ein Kapitel nach diesem unvergeßlichen Lehrer.

Zweiter Brief

Die Schulzeit war für mich eine lästige Qual, ich war ein schlechter und unaufmerksamer Schüler, ich war ein Träumer, der mehr an Musik dachte als an die Schulaufgaben. Musik spielte seit meinem 7. Lebensjahr eine große Rolle, sie ist heute noch so wichtig für mich, daß ich ohne Musik nicht eine Stunde weiterleben möchte. Aber damals war es sehr störend, denn die Lehrer hatten kein Verständnis dafür, daß ich innerlich Mozart oder Beethoven hörte und nicht aufpaßte. Mein Bruder war ein besserer Schüler als ich, er war kein Musterschüler, wie mein Vater es war, aber er hatte Verstand genug, um zu wissen, daß man seine Pflichten tun müsse, um Fortschritte zu machen. Ich wollte weder das eine noch das andere.

In der Schule lernte ich zum erstenmal den Antisemitismus kennen, der später Deutschland verwüstete. Der damalige Antisemitismus war harmlos. Er forderte keine Opfer, er teilte nur Nadelstiche aus. An denen starb niemand, sie waren unbequem, aber man nahm sie hin.

Man war eben Jude, und das hieß leiden.

Die Jungens auf der Goethestraße, wenn die Schule zu Ende war, riefen hinter den jüdischen Schülern her: »Jude, Jude, Itzig . . ., mach' dich nicht so witzig!« Wir jüdischen Schüler liefen unter diesem antisemitischen Regenschauer hindurch, ohne recht naß zu werden. Die andere Art des Antisemitismus war nicht so offen. Sie war feiner, vornehmer, aber darum nicht weniger gehässig. Unser Oberlehrer, Professor Raabe, pflegte in seiner preußisch-herrischen Art zu sagen:

»Kohn, stehen Sie auf.« Der Schüler Levi rührte sich nicht. Er blieb sitzen und guckte den Lehrer dumm an. »Stehen Sie doch auf!«

»Ich heiße doch gar nicht Kohn!« Darauf Dr. Raabe: »Na, ob Sie Kohn oder Levi heißen, das ist doch dasselbe!« So war der Antisemitismus im beginnenden Jahrhundert. Offiziell war er nicht vorhanden, aber in Wirklichkeit war er Gemeingut der sogenannten gebildeten Klassen, die dreißig Jahre später zu den Anhängern Hitlers gehörten.

Unser Judesein war etwas, was wir nicht ändern konnten. Man war Jude, man war Deutscher, man war Staatsbürger, aber es war keine rechte Einheit. Ein Jude konnte nur in einigen Staaten Deutschlands Reserveoffizier werden. Es gab genug jüdische Menschen, die dies peinlich empfanden, denn sie brannten darauf, es den anderen im Deutschtum gleichzutun. Der bürgerliche Jude hatte nur das eine Ziel, als Staatsbürger anerkannt zu werden. Das Judesein war etwas, das man nicht ändern konnte, es war eine Religion, die man am Samstag ausübte, oft aber nur an den hohen Feiertagen. Die Gebetbücher waren auf der Straße meistens in Zeitungspapier eingewickelt, wenn man zur Synagoge ging. Es war ein verschämtes Judentum.

Die Familie meines Vaters aber gehörte nicht zu diesem. Sie war stolz auf ihr Judentum, denn der Name »Hirsch« war so etwas wie ein jüdischer Adel. Ich erinnere mich, daß ich als Kind »das jüdische Problem« überhaupt nicht kannte. Mein Vater war für mich und meinen Bruder ein frommer, gottesfürchtiger Mann, und wir sahen in ihm das Vorbild.

Ein jüdischer Junge war verpflichtet, die Religionsschule zu besuchen. Diese Schule fand an den Tagen statt, an denen für die nichtjüdischen Schüler schulfrei war: am Mittwochnachmittag und am Sonntagmorgen. Nichts gegen Herrn Lehrer Gottlieb, er meinte es gut, aber er war auf dem besten Wege, aus seinen Schülern Heuchler zu machen. Ich weiß nicht, ob er Goethe gelesen hat, aber Wilhelm Meister sagte: »Diejenigen, welche Frömmigkeit als Zweck und Ziel anstreben, werden meistens Heuchler.« Lehrer Gottlieb lehrte die Kinder, die Gebete in hebräischer Sprache auswendig zu lernen. Wer sie dann am schnellsten hersagen konnte, war der beste Schüler (aber sicher nicht der frömmste). Dieser Gebetsmühlenbetrieb zermahlte alle ursprüngliche Freude und alle Ehrfurcht vor Gott, er schuf Automaten, keinen gotterfüllten Menschen. Alle Ehrfurcht, die ich vor Gott hatte, verwandelte sich in Entsetzen. Der Gottesdienst wurde zur sinnlosen Qual. Sollte ich Gebete hersagen, deren Inhalt ich nicht verstand?

In meinem Elternhaus wurden die Gesetze treu befolgt. Aber in der Religionsschule wurde eine Karikatur geschaffen, die auch den überzeugtesten und frömmsten Jungen zum Atheisten machen konnte. Ich begann, unter meinem Judentum zu leiden. Ich wollte Jude sein, fromm und gottesfürchtig, aber man zeigte mir nicht den Weg. Man ließ mich allein. Meinen Eltern konnte ich nichts sagen, denn sie wollten es nicht hören. Mein Bruder war auch dieses Mal der Gescheitere, er tat so, als ob. Er pflegte zu sagen: »Zerbrich dir bloß nicht den Kopf.«

Ich versuchte einmal, meinem Vater klarzumachen, daß ich nicht mehr zur Religionsschule gehen wollte.

»Du willst also nicht fromm werden?«, sagte er.

»Doch, im Gegenteil, ich möchte es gern!« antwortete ich. Und meine alte Großmutter, die bei uns wohnte, antwortete auf alle meine Fragen:

»Man tut es.«

So war ich ganz allein. Ich war ein schlechter Schüler, ich war ein schlechter Jude, ich war ein Träumer. Was sollte aus mir werden? Ich konnte diese Frage nicht beantworten.

Dritter Brief

Meine Kindheit war voll von Erlebnissen, die mir erst später in ihrer Bedeutung bewußt wurden. Vielleicht ist das mit Kindheitserlebnissen überhaupt so: man nimmt sie beinahe unbewußt auf, und später werden sie einmal wieder lebendig.

So erinnere ich mich heute an einen Abend, an dem ich

von einem Besuch bei Schulfreunden heimkam. Es war in der Weihnachtszeit, an einem Sonntag, um 6 Uhr abends.

Meine Eltern saßen schon bei Tische, mein Vater, ganz gegen seine Gewohnheit unfreundlich, sagte zu meinem Bruder und mir:

»Wo habt ihr euch denn herumgetrieben?«

»Wir waren doch bei Meiersteins eingeladen!« Mein Bruder fügte hinzu:

»Die hatten einen so schönen Weihnachtsbaum!«

Mein Vater legte Messer und Gabel beiseite, erhob sich, sein Gesicht war blaß, seine Stimme zitterte.

»Habt ihr etwa von diesem Baume etwas gegessen?«

»Natürlich«, sagte mein Bruder, und zeigte ein kleines Paket vor, in dem Schokoladenkringel eingewickelt waren. Mein Vater riß ihm das Paket aus der Hand, öffnete die Ofentür und warf es hinein. Er tat es mit Ekel und Abscheu, er putzte seine Hände dann ab, als ob er etwas Schmutziges berührt hätte.

»Ihr seid Verbrecher, ihr seid verkommene und verlogene Existenzen. Macht, daß ihr hinauskommt, ich habe keine Söhne mehr.«

Meine Mutter wollte begütigen, aber mein Vater verließ das Zimmer und schlug die Tür zu. Wir gingen in unser Zimmer, saßen auf dem Bett und wußten nicht, was wir tun sollten.

Du wirst dies nicht ganz verstehen, mein Sohn, aber ich will Dir erklären, daß ein frommer Jude den Weihnachtsbaum weder berührte noch von ihm aß. Das war Todsünde. Denn der Weihnachtsbaum war das Symbol der Geburt jenes Mannes, der, nach Ansicht der Juden, die Lehre Moses' verraten hatte. Der Name dieses Mannes und alles, was mit seiner Religion zu tun hatte, wurden in unserem frommen jüdischen Hause nicht genannt.

Meiersteins aber, bei denen wir eingeladen waren, waren jüdische Leute, die der Kinder wegen einen Weihnachtsbaum hatten. Wir hatten nur den Channuka-Leuchter, er war zwar aus echtem Silber und wurde acht Tage lang jeden Abend angezündet, aber er war viel weniger feierlich für uns als der Weihnachtsbaum es gewesen war, den wir bei unseren Freunden gesehen hatten.

Das Channuka-Fest ist das Fest der Erinnerung an die Taten der Makkabäer, eines jüdischen Fürstengeschlechtes, das die Stadt Jerusalem verteidigt und befreit hat. Damals war im Tempel nicht genug Öl vorhanden, um die heilige Lampe brennen zu lassen. Aber nach jüdischer Überlieferung tat Gott ein Wunder und bewirkte, daß das Tröpfchen Öl zum Brennen der Lampe acht Tage lang ausreichte. Zur Erinnerung daran wird von den Juden das Channuka-Fest gefeiert, bei dem sie den Channuka-Leuchter (die Menora) jeden Abend entzünden. Am ersten Tag wird eine Kerze angezündet und an jedem Tage eine mehr.

Zum Channuka-Fest gibt es natürlich Geschenke, für die Kinder wie für die Erwachsenen.

In meinem Elternhause wurde dieses Fest sehr feierlich begangen, wir Kinder erhielten eine Unmenge Geschenke und waren es zufrieden. Wir kümmerten uns nicht um den Sinn des Festes, wir nahmen *nur* den Gewinn. Meine Eltern beobachteten sehr streng alle jüdischen Feiertage, sie schämten sich nicht, Juden zu sein, im Gegenteil, sie betonten ihr Judentum bei allen Gelegenheiten. Natürlich hatte man auch nichtjüdische Bekannte, man verkehrte mit ihnen, soweit diese mit Juden verkehrten. Man war durch ihre Bekanntschaft geehrt, aber irgendwelche Vertraulichkeiten kamen nicht auf. Die Juden lebten in meiner Kindheit eigentlich in einer Art von Ghetto ohne Mauern.

Sie fühlten sich nicht erhaben über die Nichtjuden, doch sie begriffen ihr Anderssein, sie ertrugen es, da sie keine unbilligen Härten zu erdulden hatten.

Mein Urgroßvater Samson Raphael Hirsch hatte einmal geschrieben: »Verkehre nicht allzunah mit Nichtjuden.«

Ich erinnere mich, in meiner Kindheit begriffen zu haben, daß die Schönheiten der jüdischen Freitag-Abende unübertrefflich waren. An diesem Freitag wurde wirklich jeder Jude zum König, der in seinem Reiche, seiner Familie, von der anstrengenden Woche ausruhte.

Der Sabbath war ein Ruhetag für jedermann; zwar war es für einen beschäftigten Arzt nicht möglich, seine Patienten an diesem Tage zu vernachlässigen, doch er schrieb keine Rezepte aus. Denn Schreiben war am Sabbath verboten. Die jüdischen Gesetze waren oft schwer zu befolgen, doch war es Pflicht eines jeden Juden, sie nach Möglichkeit zu beachten. Man fand kleine »Eselsbrücken«, um bürgerlichen Anstand mit jüdischer Frömmigkeit zu vereinen.

So war es verboten, an diesem Ruhetag etwas zu tragen: ein Taschentuch war aber für den gesitteten Menschen unentbehrlich. Man löste diesen Zwiespalt, indem man in seiner Tasche ein Band festgenäht hatte, an dem dann das Taschentuch angeknotet wurde. So war das Taschentuch unlösbar mit dem Anzug verbunden und wurde nicht mehr »getragen«.

Vierter Brief

Ich machte meinen Eltern großen Kummer. Ich war schlecht in der Religionsschule, im Gymnasium waren die Lehrer unzufrieden mit mir und zu Hause saß ich mürrisch umher. Ich war damals elf Jahre alt. Meine Freunde waren alles ältere Kameraden, die altklug sprachen von Dingen, die ich nicht verstand. Musik war das einzige Gebiet, wo ich mich zu Hause fühlte.

Der Klavierlehrer Eichel, zu dem ich zweimal wöchentlich ging, war ein Oboespieler im Hannoverschen Hoftheater. Seine Erinnerung an große Musiker wie Richard Wagner und Johannes Brahms bewahrte er als kostbarstes Erlebnis. Rührend und etwas komisch zugleich war es, wie er den Zigarrenstaub von Zigarren, die ihm Brahms und Wagner gegeben hatten, aufbewahrte. Wenn er sehr mit mir zufrieden war, holte er das Zigarrenkästchen aus dem Schrank und sagte:

»Also es war eines Abends im Theater, nachdem Joachim das Violinkonzert gespielt hatte, da kam Brahms ins Orchesterzimmer zu uns und schenkte einem jeden Musiker eine Zigarre. Brahms hatte selbst dirigiert, er war noch ganz verschwitzt, als er zu uns hineinkam. Ja, ja, so ein großer Mann . . .«

»Er war aber doch sehr klein, nicht wahr, Herr Eichel?« sagte ich vorlaut.

»Natürlich, du Dummkopf, alle bedeutenden Männer sind klein! Der hochselige Meister war es auch.«

Dieser »hochselige Meister« war kein anderer als Richard Wagner. Über ihn erzählte der Herr Kammervirtuose folgende Geschichte:

»Als ich aushilfsweise in Bayreuth spielen durfte, da kam der Meister nach der Vorstellung des ›Siegfried‹ zu uns ins Orchester, gab jedem eine Zigarre und sagte: ›Na, das haben Sie ja nun ganz passabel gemacht, junger Mann!‹« Ich war wieder einmal vorlaut und fragte: »Und wie hat der hochselige Meister denn gesprochen, Herr Eichel?«

»Nun, natürlich sächsisch, er war doch aus Leipzig!«

Die Musik Wagners war es, mit der mich mein damaliger Lehrer bekannt machte. Der große Zauberer von Bayreuth bezwang mich völlig; ich war damals so erfüllt und ergriffen von der Musik Richard Wagners, daß mir alles andere dagegen klein erschien. Damals machte man noch einen Unterschied zwischen »schwerer« und »leichter« Musik; man rechnete Mozart zu den »leichten« Komponisten und Wagner zu den »schweren« Komponisten.

Ich machte begeistert den Fehler mit. Ich verachtete die »leichten« Komponisten und verehrte die »schweren«. Erst später wird man klug und sieht die Unsinnigkeit dieser Bezeichnungen ein.

Heute weiß ich: es gibt keine »schwere«, keine »leichte«, keine »gute« und keine »schlechte« Musik, es gibt: Musik oder gar keine.

Die Musik Wagners konnte damals durch nichts ersetzt werden. Hier fand ich: Rausch und Philosophie, Sehnsucht und prunkvolle Erfüllung. Unter den Klängen des »Tristan« konnte ich mir meine verworrensten Träume über Liebe (die ich nicht kannte) zu Ende träumen, im jubelnden

C-dur der »Meistersinger« konnte ich den Genius Walthers über die Spießbürgerlichkeit Beckmessers triumphieren lassen.

Wagners Philosophie ist mir heute fremd, aber seine Musik ist mir heute so nahe wie früher, ich bleibe Wagners Musik treu, wie ich der Musik meiner Kindheit treu bleibe, die von Bach bis Schönberg reicht. Als ich älter wurde, ich war schon 35 Jahre alt, entdeckte ich Brahms. Man muß vielleicht erst gelitten haben, um Brahms zu verstehen.

Musik erfüllte mich so völlig, daß ich nicht daran zweifelte, Musiker zu werden.

Ich vergaß die Schule über der Musik, ich tröstete meine Eltern über die schlechten Schulzeugnisse nur durch meine erstaunlichen Leistungen am Klavier. Mein Vater war stolz. »Ich kann es mir leisten, meinen Sohn Künstler werden zu lassen«, pflegte er zu sagen.

Eine schwere Erkrankung vernichtete alle meine Träume, Klavierspieler oder Dirigent zu werden. Dies war die erste wirkliche und ernste Krankheit in meinem Leben. Wie alle Kinder hatte ich Masern, Röteln, Mumps, Scharlach, Diphtherie, Windpocken gehabt; aber dieses Mal kam eine Krankheit über mich mit Schüttelfrost und hohem Fieber. Es war Blutvergiftung. Eine kleine Unvorsichtigkeit beim Malen verursachte eine Schwellung des Nagelbettes am rechten Zeigefinger. Mein Vater sah besorgt aus, als er die kranke Hand untersuchte, aber als er einen roten Streifen vom Finger aufwärts laufend den Ellbogen hinauf sah, da meinte er: »Junge, du mußt sofort ins Bett.«

Nun lag ich da, ein wenig dumm und benommen im Kopf, meine rechte Hand wurde von einem pochenden Schmerz gequält, mir war nicht gut zumute. Als ich aus meinem Halbschlummer erwachte, hörte ich eine knarrende, laute Stimme. Es war die des bekannten Chirurgen Dr. Caro, der mit meinem Vater am Bette stand und sehr wissenschaftliches und unverständliches Zeug redete. Dann kam meine Mutter, sie war so freundlich und gütig zu mir, daß ich wußte, ich sei schwer krank. Später bekam ich eine Einspritzung, eine sogenannte Lokalanästhesie, und dann wurde ich operiert. Mein Vater hielt meine linke Hand fest, meine Mutter strich mir über das Haar; beide waren sehr aufgeregt. Meine Mutter wischte sich die Augen, mein Vater biß sich in die Lippe.

Ich lag matt und blinzelnd da und spürte keinen Schmerz. Ich fühlte einen gewissen Stolz darin, daß man meinetwegen so viel Aufhebens machte.

Sechs Wochen dauerte meine Krankheit, während zweier schwebte ich in Lebensgefahr. Der Chirurg wollte meine rechte Hand amputieren, aber dem ärztlichen Einspruch meines Vaters gelang es, diese Verstümmelung abzuwenden. Eine zweite Operation wurde nötig, bei der ich ein Stück meines Fingers verlor, aber ich kam mit dem Leben davon. Meine Mutter pflegte mich zusammen mit einer Krankenschwester und mein Vater kam mit seinen Freunden und Kollegen an mein Krankenbett und sie diskutierten hin und her.

Ich war sehr stolz, der Mittelpunkt zu sein. Mein Bruder als Gesunder war etwas neidisch. Nachdem ich mich erholt hatte, ging ich mit meiner Mutter und unserer Köchin in das Nordseebad Norderney, wo ich vom fröstelnden Mai bis zum August blieb.

Wenn ich an diese Zeit heute zurückdenke, so war sie eine der unschuldigsten meines Lebens. Und doch, vielleicht war es eine entscheidende Zeit für mich.

Ein Kind, das allein ist, fühlt sich meistens verlassen. Nur ein Erwachsener kann das Alleinsein ertragen, da er gesättigt von Menschen und Erlebnissen ist.

Ich war damals in Norderney in bewußter Weise auf das Alleinsein aus; ich suchte meinen Stolz darin, mit niemandem ein Wort zu sprechen, den ganzen Tag lang. Ich, der geschwätzig und gesellig von Natur war, legte mir damit einen Zwang auf, um älter zu erscheinen, als ich in Wirklichkeit war. Ich benutzte mein Alleinsein zum Nachdenken über mich selbst. Und das war wenig, denn ich war nichts als eine Möglichkeit und eine Hoffnung.

Die Kindlichkeit lag hinter mir, ich war ein Junge und noch kein Mann, doch die Krankheit hat mich in seltsamer

Weise gereift und älter gemacht. Diese sechs Monate hatten in meinem Leben sechs Entwicklungsjahre vorweggenommen.

So verlor ich jedes Interesse an Gott. Es war für mich nichts als eine kindische Erinnerung an altertümliche Gebräuche. Es war für mich Religionsschulen-Zwang und das Zur-Synagoge-gehen-Müssen. Gott war in diesen Dingen nicht mehr für mich zu finden. Auch im Rauschen der Nordseewellen fand ich ihn nicht, weder im Donnern noch im Blitzen. Weder in Regenschauern noch unterm Sternenhimmel fand ich den Gott meiner Kindheit wieder.

Ich fühlte mich gereift und erwachsen, ich hatte mich von einem Aberglauben befreit, in dem sich unbegreiflicherweise so viele Menschen noch befanden. Die Natur begann für mich sich zu enträtseln. Das Problem »Mann und Frau« war für mich in dieser Zeit schon längst gelöst.

In dieser etwas ruhelosen Zeit der Entwicklung fand ich ein siebzehnjähriges Mädchen. Es war schwarzhaarig, hatte große Augen und war ein wenig Negertyp. Ich stürzte meine ganze neue »Philosophie« in sie. Ich hatte gerade begonnen, die Romane des Wieners Arthur Schnitzler zu lesen.

Ich las den Roman »Der Weg ins Freie«, in dem neben gescheiten Bemerkungen über die Judenfrage in der Hauptsache die Figur eines sympathischen und in Musik dilettierenden österreichischen Adeligen erschien. Dieser Freiherr von Wergenthin, materiell unabhängig wie ein Kinostar, hatte ein Verhältnis mit einem bürgerlichen Mädchen, der sympathischen Anna Rosmer. Dieser Roman verwandelte mich völlig in den Freiherrn von Wergenthin und meine Angebetete in die Frauensperson aus Wien.

Ich vergaß, daß ich erst fünfzehn Jahre alt war, ich vergaß die gänzlich andere Atmosphäre; ich glaubte, daß ich mich in den Gestalten des Romans widerspiegelte und meine Erlebnisse die der Romanhelden seien. So führte ich ein sehr unwirkliches Leben, ich spielte Rollen, die mir gar nicht lagen, ich erlebte Szenen, die nichts mit meinem wirklichen Erleben zu tun hatten.

Damals begann das, was in späteren Jahren bei mir sich

ausprägte: Die Fähigkeit, ein Scheinleben zu führen, das man so oft mit dem wirklichen Dasein verwechselt.

Es war ein Schattenleben, ausgeführt von erdachten Figuren, die in keiner Weise mit mir identisch waren. Aber ich lebte in ihnen.

Die Folge dieses etwas exaltierten Lebens war, daß man mich für frühreif und unfertig hielt. Und damit hatte man in gewissem Sinne recht.

Ich erzähle Dir dies, mein Sohn, nicht weil ich glaube, daß es so wichtig ist, sondern weil es mir heute bezeichnend für meine ganze Entwicklung zu sein scheint.

Ich erinnere mich, daß ich eines Tages von meiner angebeteten Freundin den Briefwechsel zwischen Mathilde Wesendonk und Richard Wagner geschenkt bekam. Ich brachte es fertig, dieses Buch gleichzeitig mit dem »Weg ins Freie« zu lesen. Die Folge war entsetzlich. Die Figur Richard Wagners, des revolutionären Musikers und Dramatikers, und die des österreichischen Adligen aus dem Schnitzlerschen Roman wurden zu ein und derselben. Ich schrieb verzückte Briefe, teils im Wagnerschen teils im Schnitzlerschen Stil, an meine Freunde und an meine Freundin, die alle zu dem einen Resultat kamen: daß ich verrückt sei.

Ich war es sicherlich nicht, ich war nur verwirrt und verworren. Ich konnte einfach mit der Wirklichkeit nicht fertig werden. Und das lernte ich spät.

Diese Fremdheit der Wirklichkeit gegenüber hatte etwas Gutes und Schlechtes zugleich; es befähigte mich, alles zu ertragen, das Schöne wie das Schwere. Es machte mich zur selben Zeit unfähig, die Dinge so zu sehen, wie sie waren. Ich habe bis heute damit gerungen, den Traum meines Lebens mit der Wirklichkeit zu vereinigen.

Nach meiner völligen Wiederherstellung sah ich ein, daß mein Wunsch, Musiker zu werden, durch die Verstümmelung der rechten Hand sehr erschwert war. Es wuchs eine neue Neigung in mir, aus dem Literarischen stammend, durch das Musikalische geformt, die Fähigkeit, in Formen mich auszudrücken. Kurzum: ich beschloß, Maler zu werden.

Über der Malerei vergaß ich alles. Ich zeichnete Bilder aus den Bänden der Kunstgeschichte von Lübke-Semrau ab, die man mir zur Barmizwah (jüdische Konfirmation) geschenkt hatte. Meine Begeisterung für die Malerei wurde unterstützt durch die restlose Bejahung, die ich von seiten meines Vaters fand. Er nahm meine Zeichnungen und Pastellmalereien und zeigte sie berühmten Künstlern zur Begutachtung. So schickte er eines Tages, ohne mich zu fragen, einige meiner Zeichnungen an den Maler Defregger.

Nach wochenlangem Warten kam die Antwort: »Talent ist da, aber mit Talent allein läßt sich wenig anfangen. Lassen Sie den Jungen etwas Ordentliches lernen.«

Ich erfuhr es erst später, zu spät wahrscheinlich, denn ich war schon auf dem Wege, ein freier Künstler zu werden.

Nein, mein Vater ließ mich nichts »Ordentliches« lernen. Ich blieb bei der Kunst, und sie bedeutete mein Leben. Damals in den Jahren vor dem ersten Weltkrieg war es ein leichtes, als Sohn eines begüterten Vaters den Beruf eines Künstlers zu ergreifen. Der Monatswechsel, der immer zu gering war, verhinderte aber das Äußerste: man hatte zu essen.

Das Künstlertum verlockte mich als ein Weg in die Freiheit. Es war eine Freiheit von der bürgerlichen Fessel, die mich nicht allzusehr gequält hatte. Künstlertum bedeutete für mich, sich über den Bürger erhaben zu fühlen und einer Schicht anzugehören, die ihres lockeren Lebenswandels wegen von vielen Romanschriftstellern mißverstanden wurde. Künstler zu sein, bedeutet aber, schwer arbeiten zu können. Regelmäßig an der Staffelei, am Klavier oder am Schreibtisch zu sitzen, und durch die Arbeit die Muse zur gnadenhaften Erleuchtung zu zwingen.

Fünfter Brief

Ich wurde von meinen Eltern nach München geschickt, das war die Heimatstadt meiner Mutter, meine Großmutter lebte dort, und ich wohnte bei ihr in der Sonnenstraße, gegenüber der evangelischen Kirche. Meine Großmutter Margolith war eine energische und sarkastisch-liebevolle Frau. Sie machte sich über alles lustig und damit sehr unbeliebt; vielleicht habe ich meine eigene, oft mißverstandene Art von ihr geerbt.

Dies Sarkastisch-Sein ist ja nichts weiter als die Angst vor der eigenen Weichheit. Man verdeckt sie am besten mit Spott.

Ich rate Dir nicht dazu, mein Sohn, denn ein Spötter ist vielleicht nichts weiter als ein Schwächling. Ein starker, in sich gefestigter Mensch hat nicht nötig, spöttisch zu sein, er ist seiner zu sicher, um mit vergifteten Pfeilen zu schießen.

Die Freiheit etwartete mich in München — so glaubte ich. Es war ein berauschendes Gefühl, unabhängig und dem Elternhaus entronnen zu sein. Doch die großmütterlichen Augen waren weitaus strenger als die meiner Eltern. Ich hatte alle Mühe, genügend Schliche und Ausreden zu ersinnen, um der alten Frau das Weggehen, Fernbleiben vom Mittagessen, das Abends-nochmal-Ausgehen zu erklären. Nach anfänglichem Schimpfen sagte sie oft: »Du brauchst sicher wieder Geld«, und warf ein goldenes Zwanzigmarkstück auf den Tisch.

Ich besuchte die Malschule von Debschitz in der Hohenzollernstraße. Dort zeichnete und malte ich munter drauflos und war sicher nicht talentloser als die andern. Die Hauptsache war aber für mich, das »Café Stephanie« so regelmäßig wie möglich zu besuchen. Dort waren Berühmtheiten zu sehen: Kaffee trinkend, Geld pumpend oder Schach spielend.

In einer bestimmten Ecke saßen in roter Weste Roda Roda und (der später von den Nazis erschlagene) Erich Mühsam. Der Dichter Heinrich Mann wandelte durchs Café, er sonnte sich in seinem jungen Ruhm; die Malerin Lotte Pritzel war da, sie verfertigte zerbrechliche Puppen. Alfred Wolfenstein, mein späterer Freund, suchte mit seiner eulenhaften Brille irgendeinen Bekannten zwecks »wichtiger Verabredung«.

Ich war klein und unbedeutend, mit meinen 19 Jahren, und durfte manchmal teilhaben an dem Glanz des Künstlerlebens. Der Erfolg war, daß ich unregelmäßig in die Malschule ging, sehr spät aufstand und blaue Ringe um die Augen hatte.

Wichtiger für mich war es, zum »Odeon« zu gehen und den Konzerten zu lauschen. Felix Mottl war der Dirigent der dortigen Konzerte, unter ihm hörte ich zum ersten Male die »Eroika« von Beethoven, die mich völlig aus dem Gleichgewicht brachte. Meine Liebe zur Musik, die neben der Malerei etwas verblaßt war, begann nun wieder in den Vordergrund zu treten. Ich hörte fast alle Konzerte unter Ferdinand Löwe in der Tonhalle, der die Symphonien Anton Bruckners meisterhaft aufführte. Und dann erlebte ich die Musik Gustav Mahlers, die ich zweimal unter Leitung des Komponisten hören durfte.

Die Begegnung mit Mahlers Musik war für mich entscheidend. Die Spannungen und Lösungen, die Flüge und Stürze, die Sanftheit seiner volksliederhaften Melodien, alles das überkam mich mit nie erlösender Gewalt.

Ich muß es hier sagen: die Musik Gustav Mahlers ist für mich bis heute die größte Offenbarung des Musikalisch-Menschlichen. Sie ist, wenn auch viele Musiker es ableugnen, an Rang jeder anderen Musik eines Bach oder Beethoven gleichzusetzen. Es kommt nicht auf die Vollendung an, es kommt nicht darauf an, daß etwas glatt und ohne Bruch gestaltet wird, es kommt darauf an, ob die Spannung zwischen Menschlichem und Ewigem in künstlerische Form gegossen wird. Und das ist bei Mahler der Fall.

Du mußt Dir vorstellen, lieber Sohn, daß ich in diesen Jahren ein aufgewühlter, aber nicht haltloser Mensch war. Wie einst Richard Wagner von sich sagte: »Die Ekstase ist mein natürlicher Zustand«, so war es auch mit mir. Ich malte, zeichnete, und manchmal dichtete ich auch; ich geriet immer mehr in den Bann jener Kunstform, die damals aufkam, des Expressionismus'. Es galt nicht so sehr, etwas zu können, wie etwas zu fühlen. Können war Nebensache, Ausdruck alles. Erst viel später lernte ich (und lerne es noch heute), daß es ohne mühsame Arbeit keine Kunst gibt.

Meine Aufnahmebereitschaft verursachte eine Überempfindlichkeit; meine Großmutter Margolith pflegte es in ihrer Art »meschugge« zu nennen. Meine Lehrer konnten nichts mit mir anfangen; einmal sollte ich ein Wagenrad mit Speichen zeichnen, das Ergebnis war: »Der Rhythmus eines Wagenrades.« Im Aktzeichnen gab ich mehr die Linie wieder als das Körperliche, die naturalistische Wirklichkeit interessierte mich nicht.

Ich liebte die Idee des Geschaffenen, die Idee des Menschen, die Idee der Blume, die Idee der Liebe, aber nicht deren Wirklichkeit.

Mein Leben in München verlief nicht zur Zufriedenheit meiner Eltern. Eines Tages kam mein Vater angereist, um sich über meine Fortschritte zu erkundigen. Er ging zu meinem Lehrer Debschitz, der sagte ihm: »Ich sehe den jungen Herrn selten.«

Die Auseinandersetzung mit meinem Vater endete mit meiner Versicherung, mich zu bessern. Ich konnte es aber nicht tun, da ich gar nicht das Zeug dazu hatte. Ich schwankte so heftig zwischen Musik und Malerei, daß mich die Beschäftigung mit der Literatur endlich auf die richtige Bahn führte. Das klingt widerspruchsvoll, ist es aber nicht.

Ich schrieb damals Gedichte im Stile von August Stramm, dessen Gedichte nur aus Hauptworten bestanden. Dazu machte ich Zeichnungen. Das Ganze setzte ich in Musik.

Du wirst mich fragen, mein lieber Junge, was für Ziele ich denn eigentlich hatte. Ich muß antworten, ich hatte keine, ich ließ mich treiben.

Ich lebte in den Tag und versuchte, in den Arabesken eines Einfalls das Sinnvolle auszudrücken.

Das München von 1911 hatte einen zauberhaften Glanz. Die Luft war silbern und hell, der Himmel weit und die Sonne hatte jenes Hochgebirgsleuchten, das den Menschen Gipfelgefühle entlockte. Die Seele spannte sich aus.

Ich traf Freunde und Maler dort, Schweizer, Ungarn, Engländer, Norddeutsche, von überall her. Sie waren alle nett zu mir, sie fanden mich vielleicht ein wenig komisch mit meinem genialischen Haarwuchs und meinem dabei etwas schüchternen Wesen, das sich oft hinter einer Frechheit versteckte. Diese Schweizer schwärmten mir immer von ihrer Heimat vor. Heute in meinem 53. Jahr begreife ich erst, was das ist »Heimat«. Sie ist so unverlierbar wie die Sprache. Wehe, wenn man aus ihr vertrieben wird.

Sechster Brief

Ich möchte in diesen Mitteilungen an Dich zeigen, daß es mehr darauf ankommt, den eigenen Weg zu finden als Behaglichkeit und Ruhe. Ruhe ist das Ergebnis einer inneren Zufriedenheit mit sich selbst. Nicht eine Genügsamkeit oder eine Bescheidenheit. Niemals war ich bescheiden oder versuchte, mich mit etwas zu begnügen.

Der große Musiker Gustav Mahler pflegte zu fragen, wenn ihm jemand die Bescheidenheit eines anderen rühmte: »Worauf ist er denn bescheiden?« Das klingt alles etwas hochmütig, aber dem ist nicht so. Bescheidenheit ist das Laster aller Menschen, die im Grunde genommen anspruchsvoll sind, aber nicht den Mut haben, ihre Ansprüche zu äußern. Ich tat das nie, ich sagte, was ich haben wollte, und wenn ich es nicht bekam, war ich beleidigt wie ein Kind. Ich preise diese Charakterschwäche keineswegs. Meine Erziehung in einem bürgerlichen Hause war schuld daran, doch ich beschuldige nur mich selbst, nicht meine Eltern.

Denn ich wurde zur Klugheit und nicht zur Weisheit erzogen. Und Weisheit setzt Erfahrung voraus, die ich reichlich erhalten sollte.

In den Jahren 1911 bis 1912, als ich in München studierte, war ich ein begabtes Lebewesen, das verzweifelt versuchte, die moralischen, ererbten Hemmungen über Bord zu werfen. Wäre nicht die Kunst gewesen, ich hätte mich selbst verloren. Ich wäre im bürgerlichen Sinne »verkommen«.

Aber die Bilder, die ich sah, die Musik, die ich hörte, die Worte, die sich in mir bildeten, sie waren zwar stärker als alles andere, aber doch nicht stark genug, um das Gefüge meines bürgerlichen Lebens zu sprengen. Ich weiß es heute genau: ich habe niemals das Zeug gehabt, ein Zigeuner zu werden oder, wie man damals sagte, ein Bohemien oder auf münchnerisch ein »Schlawiner«.

Mein Leben war in seltsamer Art geordnet, vielleicht nannten es die andern Unordnung. Doch ich wußte darin Bescheid. Und das war mir das wichtigste. Ich muß es sagen und spreche es heute ruhig aus, ich war und blieb kindlich, bis heute. Das war meine Stärke, alles auszuhalten. Diese Kindlichkeit war mein Schutzengel, die mich an allen Abgründen vorbeiführte.

Die Kunst! Sie war es, die mir Gott und Religion ersetzte; heute weiß ich es, daß ich im Grunde immer ein religiöser Mensch war, denn ein »Ungläubiger« kann Kunst nicht so begreifen, wie ich es tat. Ein Gemälde von Rembrandt, eine Symphonie von Beethoven oder Mahler, ein Vorspiel von Wagner, alles das warf mich um, das heißt: es brachte mich zu mir selbst. Und eines sage ich Dir, mein Sohn: verlerne es nie, ergriffen zu werden, gepackt zu sein.

Verlerne es nie, Dich selbst zu vergessen. Du wirst Dich dann wieder finden, verwandelt und bereichert.

Die Beschäftigung mit Problemen der Kunst ließ mich vergessen, daß ich eigentlich mein Judentum wie einen Schatten dahinschwinden sah. Es war mir völlig gleichgültig geworden; so gleichgültig wie das Bewußtsein, ein Deutscher zu sein. Über das jüdische Leben sprach man in meinen Kreisen überhaupt nicht. Man hatte Gott ebenso überwunden wie die Familie.

Ich war damals über alles erhaben, ich lebte in einer Scheinwelt, die ich mit der Wirklichkeit verwechselte. Meine Existenz war im materiellen Sinne durch den regelmäßigen Monatswechsel meiner Eltern gesichert. Ich will nicht sagen, daß ich mit dem Gelde haushälterisch umging, das tat ich keineswegs. Ich hatte gar kein Gefühl für den Wert des Geldes. Ich bekam mein Monatsgeld pünktlich am Ersten und war spätestens am 15. von allen Barmitteln entblößt. Doch dies war keine lebenswichtige Frage. In der damaligen

Zeit, so komisch es Dir vorkommen mag, mein Sohn, war Geld eine Angelegenheit des Habens oder Nichthabens. Es gab immer noch genug Freunde, die einem aushalfen, und schließlich gab es noch Alois, den Oberkellner im Café Stephanie, der auf die Bitten nur sagte: »Jessas, wos is denn dös?«, und dann gab er die verlangte Summe.

Damals in München begegnete mir eine junge Dame, die auf mich einen starken Eindruck machte, es war eine junge Studentin der Medizin, blond und herb und etwas ablehnend. Ein Freund von mir sagte eines Tages im Café:

»Da kommt ja die Gulo.«

Darauf ich: »Ich kann mich doch nicht nach jedem Weib umsehen.«

Ich traf Gulo öfters, wir wurden gute Freunde. Ihr so charakteristisches Kopfnicken fiel mir damals schon auf. Es war eine seltsame bejahende Kopfbewegung, aber ihr festgeschlossener Mund entwertete die Höflichkeit ihres Kopfnikkens. Es war so, als ob sie sagen wollte: »Bitte, störe meine Kreise nicht.« Es war die Verteidigung eines Lebewesens, das große Angst davor hatte, sich selbst zu verlieren. Sie ließ keinen in sich hineinsehen. Sie war aus diesem Grunde mehr geachtet als geliebt. Sie hatte eine bestimmte, fast herrische Art, ihre Meinung zu äußern, die manche abstieß. Sie gewann meine Sympathien durch eine Antwort, die sie gab, als jemand von mir sagte:

»Dieser junge Mann ist immer etwas aufgeregt.« Gulo sah mich an, lächelte und sagte in ihrer ruhigen Art, beinahe ohne die Lippen zu öffnen:

»Ich finde, er ist nicht aufgeregt, sondern angeregt.«

Sie erlaubte mir, sie zu Konzerten zu begleiten. Da konnte ich ihr bewegtes Gesicht von der Seite ansehen, diese hellen Augen, die eigenwillige kurze Nase, den herben Mund, der sich manchmal zu einem Lächeln verzog. Ich liebte ihre seltsame nervöse Bewegung, mit der sie die rechte Hand schüttelte, um sich dann eine Haarsträhne aus der Stirn zu streichen. Sie verlangte von mir, daß ich auch ihr Filzhütchen und den violetten Regenmantel lieben sollte. Ich tat es nicht, nein, ich konne ihre etwas nachlässige Art, sich zu kleiden, nicht vertragen.

»Jemand, der wirklich mein Freund ist«, sagte sie mit ihrer etwas belegten, sich oft räuspernden Stimme, »der hat mich auch in Sack und Asche zu lieben.«

Sie meinte stets, was sie sagte; sie kannte weder Konvention noch äußere Höflichkeit. Sie war echt und unbestechlich. Sie war in der Lage, wegen der geringsten Kleinigkeit die Beziehung zu einem Menschen abzubrechen. Ich war viel zu sehr mit mir beschäftigt, zu sehr befangen in meinen eigenen Träumen, als daß ich dieses Gulowesen im Grunde begreifen konnte.

Ich begriff es sicher auch während meiner dreizehnjährigen Ehe mit ihr nicht. Erst heute, fern von ihr, weiß ich, was sie war.

Ich verließ München, sah Gulo nicht mehr, ich ging nach Worpswede. Von dort schrieb ich ihr einige übersteigerte Briefe, auf die sie kühl und freundlich antwortete. In der Nähe Bremens befand sich die Künstlerkolonie Worpswede. Hier sollte ich die Sommermonate verbringen, um bei einem der dortigen Maler zu studieren.

In diesem Worpswede, wo ich vom Mai bis September blieb, eröffnete sich mir eine Art von Künstlerwelt, wie ich sie in den großen Städten nie gesehen hatte. In Heide und Moor waren in einem kleinen Dörfchen Künstler versammelt, die Maler waren. Es gab begabte und unbegabte unter ihnen, aber die meisten von ihnen lebten über ihre Verhältnisse. Sie alle hatten ein eigenes Häuschen, das meist mit Hypotheken schwer belastet war, die meisten von ihnen waren bei dem dortigen Malmaterialienhändler so verschuldet, daß sie jahrelang dort bleiben mußten. In dieses unbekümmerte Künstlerleben kam ich nun mit reichlichem Gepäck, einem Fahrrad, einem Monatswechsel und ausreichendem Talent.

Ich will Dir, mein lieber Sohn, erzählen, wie dieses Dörfchen Worpswede eigentlich beschaffen war.

In einer Ebene, die sich vom Meer bis zum deutschen Mittelgebirge zieht, liegt in der moorigen Flachlandschaft zwischen Weser und Elbe der Weyerberg. Er ist die einzige Erhöhung in weitem Umkreis, mit mageren Kiefern und niederem Nadelholz bestanden. Von oben hat man eine herrliche Aussicht bis zur Stadt Bremen hin, deren zackige Silhouette am Horizont sichtbar ist.

Zu Füßen liegt das Land, das von schnurgeraden Kanälen durchzogen ist. Die strohgedeckten Bauernhäuser liegen meist versteckt hinter Birken und Büschen. Der Kirchturm des Dorfes ist der einzige in der weiten Runde.

Das Dörfchen selbst besteht aus strohgedeckten Häusern oder aus mit roten Schindeln gedeckten Gebäuden. Es gibt nur zwei Straßen in dem Orte, die beinahe parallel zueinander herlaufen. Sie treffen sich beim Gasthof »Zum Hembarg«, wo die weitgeschwungene Chaussee nach Ostendorf beginnt. Hier wohnen die Künstler, die über ein eigenes Grundstück verfügen, und auch oben am Berge findet man modernisierte Bauernhäuser, in denen Maler oder Architekten wohnen. Der Ort ist von Bauern und Künstlern bewohnt. Am Werktag ist es still und dörflich in dem Ort. Aber am Sonntag kommen die Fremden und besehen sich das seltsame Künstlervölkchen, besuchen ihre Ateliers und Kunstausstellungen und kaufen auch manchmal Bilder.

Worpswede war seit 1889 eine Künstlerkolonie. Als erster war der Maler Fritz Mackensen gekommen, später der Bremer Heinrich Vogeler und Hans am Ende. Der Maler Fritz Overbeck kam von Düsseldorf und schloß sich den Künstlern in Worpswede an. Karl Vinnen, der auch zu dem Kreis gehörte, veranlaßte im Jahre 1895 die erste Ausstellung der »Worpsweder Künstlervereinigung« in Bremen.

Alle diese Bilder, die nichts weiter enthielten als Schilderungen einer weiten und düsteren Landschaft, die knorrige Menschen zeigte und seltsame Häuser, diese Bilder wurden bei ihrer ersten Ausstellung in Bremen verlacht und verspottet. Es war damals eine unerhörte Anmaßung, Gemälde auszustellen, die den landläufigen Begriffen von »Schönheit« nicht entsprachen.

Aber kurze Zeit später wurde der Erfolg der Worpsweder

Maler sehr groß, nachdem sie im Glaspalast in München zwei Dutzend ihrer Malereien ausgestellt hatten. Damals begann man die Schönheit der noch unberührten Natur zu begreifen. Worpswede wurde immer mehr zum Anziehungspunkt für viele Maler, die sich aus einer »Atelierkunst« heraus in die sogenannte »Freilichtmalerei« flüchten wollten.

Das Land um Worpswede herum ist seltsam und voller Geheimnisse. Unter einem weiten Himmel dehnt sich das Land hin, das man das »Teufelsmoor« nennt. Hier lebten Bauern, gebückt, als ob sie schwere Lasten auf den Schultern trügen. Der schwerfällige Gang erweckt den Anschein, als ob die Füße nicht von der Erde loskommen könnten. Die Gesichter dieser Moormenschen sind hart und von vielen Falten durchzogen. Seltsam sind die hellen Augen darin, in denen so etwas wie von Meeresweite ist. Seit Jahrhunderten leben diese Menschen unberührt von jeder Mode; ihre strohgedeckten Häuser sind dieselben geblieben, die Kleidung ist wie die Lebensweise. Ihre Sprache ist das sogenannte Plattdeutsch, ein breiter, schwerfälliger Dialekt, der in manchen Wendungen überhaupt nicht mehr an das Deutsche erinnert. Es ist eine Sprache für sich, wie es die Menschen sind, die abgeschnitten von aller Welt ihr Dasein führen. Nur eine Kleinbahn von Osterholz nach Bremervörde ist in den letzten Jahren die Verbindung zur Welt geworden.

Es war romantisch im besten Sinne, daß die Maler sich auf diesem Fleck Erde konzentrierten. Denn es gehörte mehr als gute Augen dazu, die Schönheit dieses Landes zu begreifen.

Man mußte auch seine Musik verstehen: die Harmonie zwischen Himmel und Erde, das rhythmische Stakkato der schmalen Kanäle, das Glissando der Birken wie das Furioso der Jahreszeiten. Sieben Monate im Jahr ist der Himmel niedrig und wolkenbedeckt. Nebel, Regen oder Schnee senken sich auf die Erde, auf der der Mensch dieses Landes mühselig dahinlebt. Dann aber kommt der Frühling mit einer Gewalt, wie er in der gemäßigten Zone unbekannt ist. Nach einem zarten Beginn entwickelt sich eine wachsende Wärme, die alles zum Reifen bringt. Die Nachtigallen singen niemals schluchzender, der Mond scheint nirgendwo größer zu sein als am Worpsweder Himmel. Es ist, als ob die Natur in den drei Monaten des Frühlings und Sommers verschwenderisch die Fülle ihres Reichtums ausgießen würde. Es ist ein Land, von dem man sich schwer losreißen kann. Sein Zauber liegt nicht in der Leichtigkeit des Lebens dort, sondern in seiner Schwere und Tiefe. Die drei Monate Daseinsschönheit werden teuer erkauft durch die endlosen Herbste und Winter, in denen der Nebel in die Häuser kriecht und die Menschen stumpf macht. Dann sind da das klare, etwas wässerige Bier und der brennende Schnaps, »Klorn« genannt, der dem Dasein einen berauschenden Sinn gibt.

Man muß sehr viel inneren Reichtum haben, um dort in dem Lande zwischen Weser und Elbe existieren zu können.

Doch die Künstler vermochten es. Sie richteten sich ein ganz auf sich gestelltes Leben ein und malten, bildhauerten und dichteten das Hohelied von dem Lande, in dem sie lebten.

Leider hatte dieser Sommer in Worpswede wenig Einfluß auf meine künstlerische Entwicklung. Ich war rein äußerlich dort, ich war vielleicht noch nicht reif genug, die Schönheiten dieses unendlichen Landes zu begreifen. Das sogenannte »Künstlerleben« mit seinen Sommerfesten und sonstigen Veranstaltungen hatte meine geistigen und körperlichen Kräfte völlig erschöpft. Mit der Erinnerung an verschwendetes Geld, an einige durchschwärmte Tage und Nächte verließ ich das Moordörfchen Worpswede, ohne zu wissen, daß ich sehr bald dorthin zurückkehren würde.

Ich rettete meine körperlichen Bestandteile ins Elternhaus. Dort genoß ich mütterliche Pflege und väterlichen Rat; aber im September ging ich nach Paris.

In der damaligen Zeit war eine Reise nach Paris nichts Abenteuerliches, man brauchte nicht einmal einen Paß dazu. Meine Eltern ließen mich etwas zögernd nach der Hauptstadt Frankreichs gehen.

Sie hegten die damals weit verbreitete Ansicht, daß Paris ein Sündenpfuhl sei und eine Lasterhöhle. Leider wußten meine Eltern sicher nichts von den nächtlichen Ereignissen, die sich in meiner Vaterstadt Hannover abspielten, die nach außen hin ernsthaft und sehr vornehm war, aber in Wirklichkeit dem freien und sehr lockeren Leben genug Raum ließ.

Was sich hinter den verschlossenen Fenstern in den Bars und Lokalen der Haupt- und Residenzstadt Hannover abspielte, war viel lasterhafter als alles, was Paris bieten konnte. Ich kannte dies alles nur vom Hörensagen, meine viel beschlageneren Mitschüler und späteren Freunde hatten mir die haarsträubendsten Dinge darüber erzählt.

Die Schönheit der Stadt Paris, die Weite des Place de la Concorde, der Champs Elysées, das romantische Montmartre mit dem feierlichen Sacré cœur hatten mich wie alle überwältigt. Ich lebte damals in einem kleinen Hotel im Quartier Montparnasse, in der Rue Delambres, wo auch mein Bruder wohnte. Dieser war für eine Hannoversche Firma in Paris tätig, und meinen Eltern war es eine gewisse Beruhigung, mich unter dem Schutze des gleichaltrigen, aber bürgerlich zuverlässigeren Bruders zu wissen.

Um es gleich zu sagen: der »solidere« von uns beiden war ich. Ich lebte in Paris ein stilles Leben, das mit Besuchen im Louvre und im Luxembourg ausgefüllt war. Daneben ging ich noch abendlich in die Malschule von Maurice Denis, einem französischen Maler von Ruf. Dort zeichnete ich Akt und Stilleben; ich tat es nur, um meinen Eltern damit die Genugtuung zu geben, daß ich »mit den Studien vorankäme«. In meinem Hotelzimmer aber fertigte ich Radierungen an und machte Illustrationen zu dem Marienleben von Rainer Maria Rilke. Diese Gedichte, voll von empfindsamer Marienfrömmigkeit, waren dem Maler Heinrich Vogeler in Worpswede gewidmet. Ich schickte meine Radierungen an Vogeler nach Worpswede, der sie an Rilke weiterleitete. Ich bat in einem Briefe Heinrich Vogeler, Rilke um die Erlaubnis zu fragen, mir eine Widmung an ihn zu gestatten. Monate später bekam ich einen wundervoll geschriebenen Brief des Dichters Rainer Maria Rilke.

Der Brief war datiert in Paris, geschrieben in Paris ungefähr hundert Schritte von meiner Wohnung entfernt. Trotzdem der Dichter Rilke es wußte, hatte er den Brief an seinen Freund Vogeler nach Worpswede geschickt. Ein dichterischer, aber umständlicher Weg. Der Brief freute mich, trotzdem der Dichter eine gedruckte Widmung ablehnte.

Er sagte: »Ich ziehe es vor, wenn eine Verbindung zwischen Ihrem und meinem Wollen besteht, diese unausgesprochen zu lassen ... Ich wäre aber bestürzt, würden Sie über diese Weigerung die Dankbarkeit vergessen, die ich für Ihre Absicht hege und bewahre ... als Ihr sehr ergebener Rainer Maria Rilke.«

Über diesen Brief war ich zutiefst erfreut. Einige Tage später zeigte mir ein Freund im Restaurant Duval in Paris den dort sitzenden Dichter Rilke. Ich kämpfte lange mit mir, ob ich an den Tisch gehen sollte, schließlich tat ich es. Ein verlegenes und höfliches Gespräch von drei Minuten Dauer war das einzige, was zustande kam.

Die Mappe Radierungen erschien später in einem Berliner Verlag.

Wenn ich heute an die Pariser Zeit zurückdenke, so weiß ich, daß ich damals zu jung war, um die Schönheit dieser Stadt zu begreifen. Für mich waren es damals Straßen und Plätze, Museen voller Bilder, Theater mit gutgespielten Komödien, Konzerte mit schöner Musik, es war für mich eine Stadt wie jede andere. Ich sah zwar die silberne Luft von Paris, ich spürte den Atem eines mir fremden und sehr geistigen Lebens, ich sah Maler wie Picasso oder Derain leibhaftig umherwandeln und hatte als Tischgenossen jeden Mittag den frühverstorbenen Maler Modigliani.

Ich war zu jung, um die Wirklichkeit zu sehen, erst später begriff ich, daß ich eine wundersame Zeit erlebt hatte.

Siebenter Brief

Ich blieb bis zum Juni in Paris; ohne etwas vom nahenden Kriege zu ahnen, verließ ich Frankreich und ging nach Worpswede zurück. Dort bezog ich ein Atelier; ich schrieb meinen

Eltern, daß ich wieder in Deutschland sei und sie demnächst besuchen werde.

Der Sommer in Worpswede war jäh und plötzlich da. Die Nächte waren erfüllt vom Nachtigallengesang, der Sternenhimmel funkelte und ich war sehr glücklich. Damals hatte ich das Erlebnis, die Landschaft zu begreifen, diese weite Moorlandschaft bis zum Meere hin. Die weißen Birken vor den braunen Torfflächen; ich hörte das Knarren der Torfwagen nachts vor meinem Fenster, die Musik dieser Urlandschaft erschloß sich mir. Ich versuchte, sie zu malen, es gelang aber nicht. Ich begann damals, Selbstbildnisse zu zeichnen und zu malen, in expressionistischer Manier, darstellend: die Landschaft durch mich hindurchgesehen.

Ein zweites großes Erlebnis war für mich das Buch von Rainer Maria Rilke »Das Stunden-Buch«. Es sind Gedichte um Gott, die Gespräche eines Gottsuchers mit dem höchsten Wesen. Die Sprache dieses Buches ist von höchster Kunst, der Inhalt der Gedichte ein Bekenntnis zu Gott, wie es stärker und reiner niemals ausgesprochen war.

Es war nicht der Gott der Juden, es war nicht der christliche Gott, es war die göttliche Erscheinung, die der Mensch sich selbst geschaffen hat. Dieser Gott war in allen Gegenständen, in den kleinen und großen Dingen, er war im Leben des einzelnen, er war im Leben der Völker. Gott war allgegenwärtig.

Diese Gedichte wühlten begrabene Dinge in mir auf, meine Sehnsucht nach einem höchsten Wesen schien hier erfüllt zu sein. Es war eine seltsame Zeit, die ich damals durchlebte: erfüllt von Gott und Landschaft vergaß ich zum erstenmal mich selbst.

Noch hatte dieses Gottesbewußtsein keine Form gefunden, ich nahm es mehr literarisch als wirklich. Und doch, damals wurde mir offenbar, daß meine tiefste Sehnsucht über die menschliche Existenz hinausging, daß der Materialismus, an den ich glaubte, keine Überzeugungskraft mehr hatte.

Heute weiß ich, daß dies literarische Gotteserlebnis ohne jede Folgen für mich blieb. Es war eben nur ein literarisches

Erlebnis, das Leben hatte mich noch nicht zu Gott geführt.

Der Juli 1914 war voll von schwirrenden Gerüchten. Selbst im stillen Moordorf Worpswede wurde es bekannt, daß der Mord am Erzherzog Franz Ferdinand von Österreich vielleicht einen Krieg hervorrufen könne. Doch es erschien alles so weit entfernt, so entrückt, daß man sich unter dem Worte Krieg nichts Rechtes vorstellen konnte. Doch der erste Donnerschlag kam mit der Kriegserklärung am 1. August 1914. Ironischerweise kam die Meldung der Mobilmachung nach Worpswede um 24 Stunden früher als in die anderen Orte Deutschlands. Die mangelhaften Post- und Telefonverhältnisse hatten es verschuldet, daß eine Bremer Zeitung die Nachricht an den Ortsvorsteher von Worpswede telefonierte, bevor es Berlin offiziell bestätigt hatte.

So brach der Krieg eigentlich in Worpswede am 31. Juli aus. Es herrschte eine furchtbare Verwirrung. So zum Beispiel wurde der »Landsturm« sofort aufgerufen, trotzdem dessen Mobilmachung erst lange Zeit später in Frage kam. Ich schwächliches und dienstuntaugliches Wesen zog mich am 1. August 1914 vor Aufregung zitternd an und eilte zum Ortsvorsteher: »Na, so schlimm steht's noch nicht, daß wir Sie brauchen«, war seine Antwort. Verstört ging ich wieder nach Hause. Ein Telegramm meiner Eltern flehte mich an, »die gefährliche Küstengegend zu verlassen«. Aber ich antwortete männlich und aufrecht: »Ich bleibe hier und male.«

Die nächsten Wochen verliefen aufregend und unruhig. Man bildete Wachen aus, die die Brücken der Umgegend vor feindlichem Angriff bewahren sollten. Das lustige Geknalle des Nachts, das nun ertönte, war aber nur das Zeichen des erfolgreichen ... Entenschießens.

Der Patriotismus schoß in üppige Blüte; einige Maler, darunter Heinrich Vogeler, stellten sich freiwillig. Andere aber entwarfen Kriegspostkarten. Die Frauen aber strickten warme Strümpfe und Westen für die tapferen Krieger. Wenn ich heute daran zurückdenke, so ist mir nur eines klar: ich empfand vom ersten Moment an einen heftigen Abscheu gegen den Krieg.

Mir war das Morden ekelhaft, und die rasch verkündeten Siege ließen mich kalt. Ich lebte damals im Beginn des Krieges wie auf einer Insel.

Mein armer Bruder kam aus Frankreich mit dem letzten Zuge zurück und stellte sich sofort freiwillig bei der Nachrichtentruppe. Als ich später im Winter meine Eltern in Hannover besuchte, sah ich mit Erstaunen die uniformierten Freunde und Kameraden. Ich hörte viel patriotisches Gewäsch und selbst mein Vater war »von der gerechten Sache Deutschlands« überzeugt. Ich verbrachte den Winter still und friedlich in Worpswede.

Achter Brief

In diesem Worpswede, wo ich nun lebte, war der Krieg in Wirklichkeit nicht vorhanden. Das »Künstlerleben« ging weiter, ab und zu wurde einer von den Malern eingezogen und verschwand, aber das Nichtstun wie das Arbeiten blieben gleich. Das Worpsweder Leben barg in sich einen geheimnisvollen Zauber: es hielt die Künstler, die dort wohnten, davon ab, mit irgendeiner Erscheinung des wirklichen Lebens in Berührung zu treten. Worpswede war trotz Krieg eine Art von Elfenbein-Turm, von der Außenwelt abgeschnitten und isoliert. In ihm herrschten eine merkwürdige Art von Selbstüberschätzung, Selbstbewunderung und alle die Eigenschaften, die in großen Städten unzeitgemäß waren. Es gab keine eigentliche Entwicklung in dem Dörfchen. Die Menschen, die dort wohnten und arbeiteten, wußten nichts von dem rauhen Leben, das draußen herrschte. Dies alles hatte einen großen Reiz für mich, mit Hilfe des elterlichen Monatswechsels war ich von allen materiellen Sorgen befreit. Die Besorgnisse, die blieben, waren rein egozentrischer Art: das Ich war in diesem Worpsweder Leben mächtig geworden, es regierte und bestimmte Zeit und Stunde.

Was ich damals tat, was ich damals arbeitete, weiß ich heute nicht mehr. Ich malte ein »bißchen«, ich zeichnete ein »bißchen«, ich schrieb ein »bißchen«. Niemand übte Kritik, kein Mensch wagte etwas anderes zu sagen als das, was der andere gern hören wollte.

Es war keine gegenseitige Bewunderung, sondern eine Art von Bequemlichkeit, die für das Leben in Worpswede kennzeichnend war. Es gab dort eine Ausstellung, in die man seine Bilder brachte, sie wurden ausgestellt und manchmal verkauft. Einige Maler, die dort lebten und wirkten, hatten sich eine Manier zugelegt, die sie ungern aufgaben. Da gab es zum Beispiel einen Maler, der Frauengestalten malte, die keine Gesichter hatten. Er war unfähig, ein Gesicht zu bilden, und machte aus diesem Unvermögen eine Originalität. Auch dieser Maler verkaufte seine Bilder; denn es gab immer genug Leute, die sich schämten zuzugeben, daß sie nichts von Kunst verstünden. Meistens hatten sie Geld genug, um sich Kunstsammlungen anzulegen.

So hatte ein jeder Maler oder Bildhauer in Worpswede seinen Mäzen, der seinerseits glaubte, ein großes Genie zu unterstützen. Der Künstler hingegen war zufrieden, jemanden gefunden zu haben, der seinen Glauben an ihn auch bezahlte.

In früheren Zeiten hatte es in Worpswede Künstler gegeben, die wohl berechtigt waren, an ihre Sendung zu glauben. Die bedeutendste unter allen in Worpswede lebenden Persönlichkeiten war Paula Modersohn gewesen. Ihre Bilder wurden zu ihren Lebzeiten (sie starb 1907) gar nicht richtig gewürdigt. Sie galt für etwas »eigenartig« und verschroben; sie malte die Worpsweder Landschaft wie niemand zuvor. Ohne jede Romantik, klar, durchsichtig und sehr farbig. Die Menschen in diesen Bildern waren Teile der Erde, sie waren aus ihr gewachsen, sie blieben dumpfe Erdkreaturen, schicksalhaft hineingeboren in diese weite Landschaft unter einem großen Himmel. Es waren Moormenschen, die Paula Modersohn darstellte, es waren Geschöpfe von einer nicht landläufigen Schönheit und Größe.

Paula Modersohn malte ihre Bilder inbrünstig und beinahe unbewußt. Sie hatte in ihrem Stil viel von Gauguin; ohne ihn zu kopieren, strebte sie dieselbe dekorative Art des französischen Malers an. Sie lebte in ihrer späteren Zeit lange in Paris, wo sie die Bilder aller großen europäischen Maler in sich aufnehmen konnte. Aber sie kehrte nach Worpswede zurück, nicht nur, um ihrem ungeliebten Manne ein Kind zu gebären, sondern um sich zu vollenden.

Sie starb im Wochenbett. Außer Heinrich Vogeler, Bernhard Hoetger und dem Dichter Rainer Maria Rilke wußte wohl niemand von der Bedeutung dieser einzigartigen Malerin, deren Bilder überhaupt keinen Marktwert besaßen. Man konnte nach ihrem Tode ihre Gemälde für ein paar Mark erwerben. Später brachten sie ihrem Besitzer das Hundertfache ein. Mit Paula Modersohn vollendete sich Worpswede als künstlerische Erscheinung in der deutschen Welt.

Ich radierte damals viel. Ich machte Illustrationen zu Büchern wie »Die Legenden des Baal Schem« von Martin Buber. In diese Radierungen legte ich meine ganze verschüttete religiöse Inbrunst. Die Gestalt des chassidischen Rabbis, des Baal Schem Tow, war in dem Buche, das zu illustrieren ich unternahm, in anschaulicher Weise gezeichnet. Hier war eine Art von Judentum, das jenseits von allen Synagogen oder Gebrauchsjudentum sich befand. Diese ost-jüdischen Menschen, die Gestalten des Buches, waren naturverbunden und sahen und erlebten ihren Gott in Bäumen wie in Kreaturen. Es war eine mehr pantheistische als orthodoxe jüdische Art, die hier von Martin Buber gestaltet war.

Meine persönliche Bekanntschaft mit Buber bestärkte mich in meinem neu-jüdischen Bewußtsein. Ich zeichnete alle Gestalten in weiten Gewändern, wie sie als Kaftan im Osten bekannt sind. Mir war damals nicht bewußt, daß es eigentlich keinen Zusammenhang zwischen dem west-jüdischen und ost-jüdischen Charakter gab. Es war ein seltsames Gefühl damals, als ich der einzige Jude in Worpswede war und ein jüdisches Leben in Bildern aufbaute, das mir im Grunde fremd war.

Doch ich wollte irgendeine Form des Judentums in meinem Leben Gestalt werden lassen. Das orthodoxe, west-jüdische Synagogen-Judentum war mir fremd geworden, fremd in der Sprache und in der Leerheit der Formeln, die für mich keinen Sinn mehr hatten. So stürzte ich mich als Künstler auf das chassidische Judentum, ohne zu wissen, daß ich damit eigentlich mich dem National-Judentum genähert hatte. Ich malte damals auf alle meine Bilder und Radierungen den Davidsstern und fühlte mich in besonderer Weise als Jude.

Ich muß diese Zeit erwähnen, die mir damals in ihrer Wichtigkeit gar nicht bewußt wurde, weil ich heute begreife, daß mein Bemühen damals nicht auf das Jüdische, sondern auf das Religiöse gerichtet war.

Dies alles blieb aber ohne Folgen; ich zeichnete, radierte, las und führte dabei das landläufige Leben eines Worpsweder Künstlers.

Irgendwo in der Welt war Krieg, wurden Menschen getötet, und als ich an einem trüben Novembertag die Nachricht vom Soldatentode meines besten Freundes erhielt, erschrak ich zutiefst. Doch es weckte mich nicht auf, ich schlafwandelte dahin, und die Zeit um mich herum war mir gleichgültig.

In der Weihnachtszeit besuchte ich meine Eltern, sah meinen Bruder in feldgrauer Uniform, sah viele Freunde und war eigentlich recht froh, als ich wieder in meine Worpsweder Einsamkeit zurückfliehen konnte.

Als der März herankam, erhielt ich einen Brief von einer Frau, die ich eigentlich längst vergessen hatte. So glaubte ich. Gulo schrieb mir, daß sie eine Frühlingsreise nach dem Norden beabsichtige, ich sollte doch mal schreiben, ob ich mich noch in dem versteckten Moordörfchen befinde. Ich war über diesen Brief sehr erfreut, aber diese Freude veranlaßte mich keineswegs, zu antworten. So war ich damals.

Im April stand eine Dame in der Diele meines Hauses, sie trug ein Filzhütchen und einen violetten Regenmantel. Ich war mehr verwirrt als erfreut, denn die Wirklichkeit war mir höchst gleichgültig. Doch was sollte ich tun. Gulo blieb zwei Wochen lang in Worpswede.

Wir waren täglich zusammen. Auf den Spaziergängen bei Sturm, Hagel oder Schnee lernte ich plötzlich eine andere

Frau kennen als die, die ich früher einmal gesehen hatte. Dieses Menschenwesen, genannt Gulo, war ein Kamerad und Begleiter ohne jede Koketterie oder Damenhaftigkeit. Im Gegenteil. Sie liebte es, durch hohe Pfützen zu waten, gegen den Sturm zu laufen, nasse Füße zu bekommen und hinterher Schnaps zu trinken. Gulo verwandelte ein verzärteltes Bürgersöhnchen, wie ich es war, zu einem natürlichen Burschen.

Natürlich spielte die Musik bei unserem Zusammensein eine große Rolle. Es gab damals noch kein Radio, aber das verstimmte Klavier im Gasthof »Zum Hembarg« erdröhnte unter unserem vierhändigen Spiel. Robert Schumanns Symphonien waren es, die daran glauben mußten. Wir spielten mit mehr Begeisterung als Talent. Aber Gulo verstand meine Art des andeutenden Spiels, und ich verstand ihre etwas pedantischere. Ihre schlanken Klavierhände bewältigten das technische Spiel, das mir infolge meiner verletzten Hand Schwierigkeiten bereitete. In ihrer nüchternen Art erzählte mir meine Freundin eines Abends, daß sie eine Nachkommin von Robert Schumann sei. Darauf ich: »Eigentlich sehen Sie im Profil wie Beethoven aus.«

Und eines Tages war ich wieder allein. Doch etwas war verändert, ich spürte mein Alleinsein und litt darunter. Später einmal fiel mir ein, daß ich verliebt sei.

Ich blieb noch einige Wochen in Worpswede, dann aber entschloß ich mich, nach Berlin zu gehen.

Neunter Brief

Ich möchte Dir, mein lieber Sohn, heute schildern, wie es eigentlich im ersten Weltkrieg in Deutschland aussah.

Das Leben ging in äußerlicher Weise weiter, Deutschland siegte auf allen Fronten, so glaubte man, da die Niederlagen dem Volk verschwiegen wurden. Ich war zu jung und zu versponnen in meine künstlerischen Ideale, um die politischmilitärischen Ereignisse wichtig zu nehmen. Eines weiß ich genau: ich fühlte nichts als Verachtung und Ekel vor einer sieghaften Männlichkeit, die sich damals überall breitmachte. Ich verabscheute das Morden und malte und zeichnete Bilder, die durchaus pazifistisch genannt werden können. Es war damals nicht gefährlich, seine eigene Meinung zu haben. Unter dem Kaiserreich bestand ein gewisses Recht, solange man nicht Soldat war. Dann freilich hörte jede persönliche Freiheit auf.

Die deutschen Menschen von damals waren fast alle zutiefst überzeugt, daß das deutsche Heer das beste sei. Ein Patriotismus machte sich breit, der bei strickenden Frauen begann und bei Nietzsche zitierenden Professoren aufhörte. Gewalt ging eben vor Recht. Und solange Deutschland die Gewalt ausübte, erschien den Deutschen alles recht und billig zu sein.

Ein Kreis von Künstlern aber vereinigte sich damals in der Zeitschrift »Die Aktion«, die rücksichtslos und offen aus ihrem Abscheu vor dem Kriege keinen Hehl machte. Natürlich gehörte ich zu ihren Mitarbeitern. Der Herausgeber, Franz Pfemfert, ein früherer Rennfahrer, hatte eine energische russische Frau geheiratet, die aus ihrer revolutionären Gesinnung keinen Hehl machte. Ihrem Einfluß war es zu verdanken, daß ihr schüchterner Ehemann so etwas wie ein heroischer Kämpfer für Recht und Freiheit wurde. Diese Zeitschrift riskierte mit jeder Nummer, beschlagnahmt zu werden.

In dieser Zeitschrift versammelten sich die besten Namen, ich nenne nur Franz Werfel, Max Brod, René Schickele, Ferdinand Hardekopf, Ludwig Rubiner und viele andere, die später berühmt und beachtet wurden.

Für mich war es eine Ehre und Auszeichnung, zu den Mitarbeitern des Blattes zu gehören. Die Honorarfrage wurde vom Herausgeber spielend gelöst: er zahlte überhaupt nicht. Aber die jungen Menschen waren alle stolz, Mitarbeiter dieser Zeitschrift zu sein, die von den Bürgern verlacht und von den trotz des Krieges bei Verstand Gebliebenen geschätzt wurde.

Heute weiß ich es, mein Sohn, wie mutig und tapfer es

damals war, offen gegen den Krieg sich auszusprechen.

Es war keine Lebensgefahr dabei, doch das Gift des Militarismus hatte alle Hirne vernebelt, daß die Haltung der kleinen Zeitschrift so etwas wie »Zivilcourage« darstellte: viele Jahre später, nachdem der deutsche Militarismus besiegt war, war in der ganzen Welt die Anbetung für alles Militärische gewachsen. Man hatte zwar einen guten Grund, denn der Kampf galt dem Kriege als solchem, doch die Träger dieses Kampfes vergaßen nur allzuschnell, weshalb sie den feldgrauen Rock ihrer barbarischen Beschäftigung angezogen hatten.

Erst wenn die Menschheit in ihrer Gesamtheit eingesehen hat, daß Mord nicht den Mord aus der Welt schaffen kann, wird wirklich Friede auf Erden sein.

In meiner versunkenen Tätigkeit als Maler lebte ich das ganze Jahr 1915 dahin. Ich war unabhängig im materiellen Sinne, aber ich wurde immer abhängiger von der Frau, die ich wahrhaft liebte. Sie war sehr beschäftigt und hatte nur wenig Zeit für mich. Aber in diesen Augenblicken des Beisammenseins schien mir, als ob die Zeit stille stände.

Ich war damals so geartet, daß ich mich in meine Empfindung hineinsteigerte. Ich muß gestehen, daß ich keine Rücksicht darauf nahm, wie meine Freundin zu mir eingestellt war, ich liebte, und das war alles, was mich interessierte. Gulos spöttische und kühle Art, die sich meine freundschaftliche Liebe wohl gefallen ließ, schreckte mich keineswegs ab. Im Gegenteil, sie steigerte meine Empfindsamkeit so sehr, daß ich oft dabei vergaß, in Wirklichkeit nicht so nah mit ihr verbunden zu sein wie in meinen Träumen.

Ich sage Dir dies alles, mein Sohn, weil ich hoffe, daß Du, wenn Du einmal lieben solltest, eine ähnliche Unbekümmertheit haben wirst. Alles Zweckhafte war mir fremd. Ich war nur innerlich beteiligt durch meine Vorstellung, nicht durch die Realität.

So begann ich eines Tages, ich weiß es genau, einfach Gulo zu duzen. Sie sagte nur: »Soweit sind wir aber noch nicht.« Ich war tief verstimmt, beinahe verzweifelt; ich hatte in meinem jugendlichen Überschwang vergessen, daß Vertraulichkeiten nicht einseitig sein durften. Aber so war ich: ich dachte nur an mich.

Wenn ich an den Winter 1915/16 zurückdenke, so sehe ich mich oben auf der Galerie des Opernhauses sitzen und den Vorführungen der Königlichen Kapelle lauschen, die unter Richard Strauß stattfanden. Tief unten im Parkett aber saß meine angebetete Freundin mit ihrem Chefarzt. Es war eine Freundschaft, auf die ich sehr eifersüchtig war. Ich benutzte auch diese Empfindung, um Zeichnungen und Bilder daraus zu machen. Die Probleme der damaligen Zeit wurden von mir nur soweit beachtet, als sie mich selbst betrafen. Dieses ichsüchtige Leben war charakteristisch für mich.

Heute weiß ich, daß daraus vieles entstand, was mir auf meinem Lebenswege hinderlich wurde. Ich war das Opfer einer bürgerlichen Erziehung, die damals nichts weiter von den Kindern forderte, als den Gesetzen der Klasse, zu der man gehörte, zu gehorchen. Ich ahnte nicht, daß die Auflösung aller Klassen begonnen hatte. Als Künstler war ich zwischen die bürgerliche Welt und eine scheinbare Freiheit hineingestellt, ohne mich für die eine oder andere zu entscheiden. Da niemand mich zu einer Entscheidung zwang, so lebte ich ein wenig planlos dahin. Ich hatte keinerlei Bindungen zur Gesellschaft und doch war ich immer noch der Sohn aus »gutem Hause«. Mein Monatswechsel war die Folge der erfolgreichen Tätigkeit meines Vaters.

Was aus mir werden sollte, wußte ich nicht. Man lebte damals in der Annahme, daß Erfolg sich in jedem Falle bezahlt machen müßte. Doch eine spätere Zeit hat mir das Gegenteil gezeigt. Es war nur folgerichtig, daß ich im Frühjahr 1916 nach Worpswede zurückgehen wollte. Denn dort war die »Insel«, die ich so sehr liebte, die Flucht vor der Wirklichkeit, die mir das Leben bedeutete. Als ich meinen Entschluß meiner Freundin mitteilte, sagte sie: »Nein, wir gehen später zusammen.«

Ich fügte mich, denn ich wollte nichts tun, was sie verletzen könnte. Ich war nicht dumm genug, um nicht zu begreifen, daß Gulo ein Interesse an meiner Existenz hatte. Es schmeichelte, aber es war in äußerer Hinsicht unbequem für mich, meine Pläne aufzugeben.

Einige Monate später, wir sagten uns längst Du, meinte sie, als wir im Walde spazieren gingen: »Wir könnten eigentlich heiraten.« In diesem Augenblick lachte ein Specht, der an einem Baum hämmerte, um Würmer zu fangen. Ich war, was selten bei mir geschah, ein wenig sprachlos (denn ich war sehr gesprächig). Meine Antwort konnte nichts anderes sein als »Ja«.

Dies geschah im März des Jahres 1916. Im April fuhr ich nach Hannover, um es meinen Eltern zu sagen. Mein Vater war damals schwerkrank, so daß ich es nur meiner Mutter mitteilen konnte. Diese sagte fassungslos: »Müßt ihr denn heiraten?«

Im Mai 1916 starb mein Vater, er war 53 Jahre alt. Ich eilte von Berlin aus nach Hannover, um ihn noch einmal zu sehen.

Die Nacht, in der er starb, saß ich an seinem Bette und zeichnete sein Gesicht, das durch den herannahenden Tod ins Große und Erhabene verwandelt wurde. Ich empfand das frühe Sterben meines Vaters als schicksalhaft für mich; denn er starb in dem Augenblick, als ich mich anschickte, ein neues Leben aufzubauen.

In dieser Mainacht sah ich zum erstenmal bewußt, wie ein Menschenanlitz sich in das Gesicht des Vaters und Großvaters zurückverwandelte. Denn als er starb, sah mein Vater seinem Vater zum Verwechseln ähnlich. Um 8 Uhr morgens klingelte der Briefträger und brachte ein kleines Päckchen, in dem der von Gulo gesandte Trauring lag. Es war genau die Todesstunde meines Vaters. Ich sah den Rabbiner, Dr. Gronemann, über den Sterbenden gebeugt und hörte ihn das Glaubensbekenntnis der Juden, das Schma Jisroel, vorsagen.

Mein Vater richtete sich mühsam hoch, seine Lippen formten ein Wort, daß heißen konnte: Echod. Durch dieses Bekenntnis zum ewigen, einzigen Gott legte mein Vater in seiner Sterbestunde das Zeugnis seines Glaubens ab.

Ich aber blieb starr und unberührt, für mich war das alles nichts weiter als formelhaftes Bekenntnis.

Mein Gott war tot, selbst in dieser Stunde wurde mir bewußt, daß ich ohne Glauben war.

Am 6. Juni 1916 heiratete ich.

Wir verlebten eine schattenlose Zeit, bis am 15. September ein Gestellungsbefehl mich zu den Armierungssoldaten rief. Ich wurde nach Soldin gebracht, einem kleinen Ort in der Neumark. Dort verwandelte ich mich vom Zivilisten zu einem sehr unwilligen Soldaten. Meine Kameraden waren alle im vorgerückten Alter, zwischen 35 und 45. Sie waren aus allen Berufsgruppen und einige sogar hatten eine Gefängnisstrafe hinter sich. Sie fühlten sich beim Militär wie in der Freiheit. Ich mußte mit 200 Menschen in einem großen Raum zusammen schlafen.

Ich werde nie den Geruch des Schlafsaales vergessen. Dieser Gestank blieb mir in der Nase.

Es war der Pesthauch des Militarismus.

Später wurde ich zu den Fliegern nach Adlershof versetzt. Ich muß gestehen, daß ich an dieser Versetzung völlig unschuldig war. Wie alles beim Bürokratismus, so war gerade der Anfangsbuchstabe meines Namens für diese Versetzung passend, in Wirklichkeit war es natürlich ein gütiges Schicksal, das mich davor bewahrt hatte, nach Mazedonien geschickt zu werden. So blieb ich in der Nähe von Berlin und war bald mit meiner jungen Frau zusammen.

Meine Erscheinung als Armierungssoldat mußte jedem stolzen Preußen die Schamröte ins Gesicht treiben. Ich trug weite Manchesterhosen, eine enge grüne Jacke mit blauen Achselstücken, auf meinem langmähnigen Haupte balancierte eine schirmlose Infanteriemütze.

Als ich das Geschäftszimmer der Fliegertruppen in Adlershof betrat, erscholl dröhnendes Gelächter. Ich war von Kameraden umringt, die sich vor Lachen ausschütteten, der wachhabende Offizier kam hinzu und sagte:

»Nanu, Sie sind wohl russischer Gefangener?«

»Ich bin deutscher Soldat«, antwortete ich mit zusammengepreßten Lippen.

Wenn mich die maßgebenden Militärs in Deutschland gesehen hätten, so hätten sie sicher begriffen, daß ein deutscher Sieg aussichtslos sei.

Ich war wirklich ein verkleideter Zivilist. Niemand glaubte mir den Soldaten.

Selbst als ich die schneidige Uniform der Flieger trug mit Gardelitzen und Fliegerabzeichen. Ich wurde bald nach Berlin versetzt und führte ein ungefährliches Bürosoldatenleben in der Suarez-Straße. Ich hatte die Erlaubnis, in meiner eigenen Wohnung in Charlottenburg zu wohnen. Um vier Uhr nachmittags verließ ich das Büro, um nach Hause zu gehen; dort zog ich mir sofort meine Zivilkleider an, um ins Café des Westens zu fahren. Das war natürlicherweise verboten, aber wenn eine Kontrolle kam, so ging ein großer Teil der Café-Besucher auf die Herrentoilette.

Meine Sehnsucht nach dem zivilistischen Leben war so groß, daß ich alles vermied, um als Soldat zu gelten. Ich hatte in dieser Hinsicht keinerlei Bedenken, meine Ansicht zu äußern.

Als ich eines Tages bei einer Verwandten eingeladen war und in Zivil erschien, sagte diese Dame, die sehr patriotisch war, mißbilligend zu mir:

»Aber warum trägst du nicht das Kleid des Königs?«

Darauf ich:

»Ich bin froh, wenn ich die Affenjacke nicht anzuziehen brauche.«

Ich brauche nicht zu betonen, daß ich dort nicht wieder eingeladen wurde. Ich lebte mit meinen Freunden und hatte keinerlei verwandtschaftliche Beziehungen. Nur meine Mutter kam öfters zu Besuch, war sehr besorgt und verstand sich mit meiner jungen Frau sehr gut. Nur ein Punkt war für sie schmerzlich. Gulo war keine Jüdin, sie war katholisch erzogen, aber gehörte nun keiner Konfession mehr an. Meine Mutter versuchte vergeblich, sie zu überzeugen, daß sie eigentlich Jüdin werden müßte. Aber mit lächelnder Höflichkeit widersetzte sich meine Frau. Ich selbst stand all diesen Dingen gleichgültig gegenüber: das Jüdische war in mir zwar vorhanden, aber ich legte kein Gewicht darauf, es besonders zu betonen. Es verlangte ja auch niemand von mir.

Denn im damaligen Deutschland war es ohne jede Bedeutung, zu welcher Religion jemand gehörte. Besonders in den sogenannten Künstlerkreisen fragte niemand nach solchen Dingen. Das Nicht-an-Gott-Glauben war für diese Generation selbstverständlich. Man hatte nicht umsonst Friedrich Nietzsche gelesen und befand sich jenseits von Gut und Böse.

Freilich änderte sich das alles später und die Tatsache des Judeseins war bedeutungsvoll. Aber zu der damaligen Zeit war der Antisemitismus meist rein gesellschaftlich.

Ich erinnere mich, daß in Bremen die Frau eines angesehenen Kaufmanns Frau Martha Vogeler fragte, ob der ausgezeichnete Klavierspieler, der sich gerade eben produzierte, Jude sei. Es war der Pianist Louis Grünberg, ein Amerikaner, der bei Ferruccio Busoni studierte. Martha Vogeler antwortete lächelnd:

»Gewiß doch, Grünberg ist Jude.«

»Ach, wie schade, so ein begabter Mensch.«

Daß der Krieg sich dem Ende näherte, merkte das deutsche Volk nicht so sehr an den militärischen Niederlagen, die verschwiegen wurden, wie an der immer schlechter werdenden Ernährung. In den Läden lagen anstatt Hühner Krähen aus und die Wurst, die man bekam, bestand größtenteils aus Wasser. In diesem Winter 1917 gab es kaum noch etwas zum Heizen. Die Menschen hungerten und der Glaube an den Sieg war stark erschüttert.

Im Januar 1918 brachen große Streiks in Berlin aus, und als die streikenden Arbeiter durch die Suarez-Straße zogen mit großen Plakaten, da standen wir Soldaten der Fliegertruppen auf den Balkonen und winkten ihnen zu. Deutschland »siegte sich zu Tode«. Eines Tages wurden die Fliegertruppen noch einmal auf Felddienstfähigkeit gemustert und sogar mich ereilte das Schicksal, als kv. (kriegsverwendungsfähig) bezeichnet zu werden. Dieses Fehlurteil wurde aber sehr schnell in »Garnisondienstfähigkeit« umgeändert. Denn ich war geistig wie körperlich durchaus ungeeignet, irgendeinen anderen Kriegsdienst als den im Büro auszuüben. Die Stimmung in Deutschland war so, daß offen von einem Zusammenbruch der Mittelmächte gesprochen wurde. Sogar unser Kommandeur, Oberstleutnant Siegert, sagte in einer morgendlichen Ansprache zu seinen Offizieren unter anderem: »Den Krieg können wir militärisch sowieso nicht mehr gewinnen.«

Im Sommer 1918 ereignete sich ein Vorfall, den ich nicht so leicht vergessen werde. Ich hatte an diesem Abend zusammen mit dem Flieger Sandig Telefondienst. Plötzlich erschien ein Soldat mit einer Depesche vom Kriegsministerium. Er verlangte den Offizier vom Dienst zu sprechen. Wir bedauerten sehr; denn der Herr Oberleutnant Bothe war längst zu seiner Braut gegangen. »Na, gib schon her, Mensch«, sagten wir zu dem Soldaten. Wir öffneten selbstverständlich das Telegramm über einem Kessel mit heißem Dampf. Dann lasen wir folgendes:

»Alle Mannschaften in den Kasernen und Büros zu halten, Revolutionsgefahr.«

Sandig und ich ließen Telefondienst Telefondienst sein und beeilten uns, das Telegramm in die Wohnung des wachthabenden Offiziers zu bringen. Wir entledigten uns dieser Aufgabe mit ebensogroßer Geschwindigkeit wie Vergnügen. Das erschrockene Gesicht des Oberleutnants machte uns unendlichen Spaß. Am anderen Tag aber verbreiteten wir die geheime Nachricht in allen Büros und das Urteil der uniformierten Angestellten war einmütig: dicke Luft. Im Herbst 1918 wurde es sogar den Zeitungslesern klar, daß die Lage nicht rosig sei. Und im Oktober 1918 bekam ich abends einen Telefonanruf von meinem Freunde Franz Pfemfert, der mir sagte: »Komm morgen um drei an den Anhalter, deine Tante kommt an.«

Als der Zug in die Halle fuhr, da stürzten sogar die Soldaten der Kommandantur herbei, um den »Zuchthäusler« Karl Liebknecht zu begrüßen.

Sie trugen ihn auf den Schultern bis zum Ausgang des Bahnhofs, die Polizei sah machtlos zu, unten war eine Droschke bereit, und Tausende von Menschen folgten dem langsam fahrenden Wagen über den Potsdamer Platz, den Linden zu bis vor die russische Botschaft.

Karl Liebknecht stand aufrecht im Wagen, mit erhobener geballter Faust, und hielt eine Ansprache, deren Worte niemand verstand. Die Revolution hatte begonnen.

Zehnter Brief

Die Revolution überraschte niemanden in Deutschland; sie war spürbar gewesen, als sogar die Zeitungen eine Niederlage Deutschlands nicht mehr ableugnen konnten. Es kam nicht mehr auf das an, was man jahrelang den Endsieg genannt hatte, sondern auf die Form der Umwandlung vom Krieg zum Frieden.

Ich erinnere mich, daß Präsident Wilson in einem seiner Schreiben die Abdankung des Kaisers gefordert hatte. Niemand war überrascht, und die Diskussion über dieses noch kürzlich so »heilige« Thema war allgemein.

Ich hatte den Militärdienst im Oktober verlassen, weil die Berliner »Volksbühne« mich als ihren künslerischen Beirat angefordert hatte. Ich war also schon Zivilist, als der berühmte 9. November anbrach. An diesem Morgen befand ich mich im Theater und zwar im Zimmer des geschäftsführenden Direktors, der gerade telefonierte. Dieser Herr Neft war ein alter Sozialdemokrat und Gewerkschaftler, er stand in guten Beziehungen zu der nun heraufkommenden Macht der Sozialdemokraten.

Dies Telefongespräch ist unvergeßlich, es lautete: »Um 12.00 Uhr soll doch Revolution sein, sagte mir mein Theatermeister, können Sie mir darüber authentisch Bescheid geben?« Ich stand am Fenster und sah eine Gruppe demonstrierender Arbeiter mit roten Fahnen die Linienstraße entlangkommen. In diesem Augenblick sagte Herr Neft: »... so, Sie haben erst um 4.00 Uhr Sitzung ... bis dahin kann also nichts geschehen. Na, danke schön, das ist beruhigend.«

Ich zeigte Herrn Neft die demonstrierenden Arbeiter und meinte: »Die scheinen von der Sitzung nichts zu wissen.«

So brach die deutsche Revolution aus, etwas unprogrammmäßig, etwas vorzeitig, aber es war eine Revolution.

Ich verließ bald das Theatergebäude, zusammen mit dem Schauspieler Wilhelm Dieterle, und fuhr mit der Untergrundbahn nach Charlottenburg. Während wir uns unter der Erde befanden, hatte oben die Revolution gesiegt; denn am Reichskanzlerplatz trugen alle Menschen schon rote Schleifen am Rockaufschlag. Zu Hause erwartete mich meine Frau. Sie war in großer Aufregung und ich kann wohl sagen, daß wir beide mit den Ereignissen zufrieden waren. Nichts hielt uns an diesem Tage zu Hause.

Du mußt verstehen, mein lieber Junge, wenn ich Dir sage, daß diese oft geschmähte Revolution von 1918 wirklich *die* »große Zeit« für uns war.

Laß Dir nicht erzählen, daß es nur eine Revolte der »Heimkrieger« war, die es satt hatten, zu hungern und zu darben. Es war mehr als das. Es war wirklich der Anbruch einer neuen Zeit; der Krieg war zu Ende, unwiderruflich zu Ende, und es mußte der letzte Krieg gewesen sein. Dies war der Wille der Besten.

Damals glaubten wir alle an eine bessere und neue Zukunft. Heute aber gelingt es nur den fanatischsten Optimisten an den Wiederaufbau einer völlig demolierten Welt zuglauben. Am 9. November, abends um 8 Uhr, bildete sich der »Rat geistiger Arbeiter«, zu dem auch ich gehörte. Die erste Sitzung tagte im Reichtstag, es wurden Forderungen aufgestellt, die uns gar nicht so himmelstürmend erschienen, wie: Abschaffung der Akademien, Sozialisierung sämtlicher Theater, Verstaatlichung sämtlicher freien Berufe, Abschaffung sämtlicher Titel und die sofortige Errichtung eines Weltparlamentes.

Die Worte waren sehr groß, doch der Wille war nicht klein, im Gegenteil, wir alle wußten, daß mit dem Alten radikal aufzuräumen sei. Das Wort »radikal« spielte eine große Rolle bei allen diesen Kundgebungen, es war ein völlig selbstverständliches Wort. Es war gleichsam die Voraussetzung der Existenz des neuen Menschen, wie wir ihn haben wollten. Über allem Gewalttätigen thronte aber das Wort »Menschheitsliebe«, die zu verwirklichen war unsere Aufgabe.

Man lache nicht über diese Zeit, in der junge Menschen ernsthaft eine neue Welt aufbauen wollten.

Die Größe unseres Wollens stand in keinem Gegensatz zu unserer Kraft, nur stellte es sich später heraus, daß die Revolution nicht in dem Maße gesiegt hatte, wie wir es wünschten. Die Tragik der deutschen Revolution von 1918 war ihre Halbheit; der deutsche Mensch wußte wohl, worum es ging, aber, daß man zuerst alle Schranken niederreißen mußte, um wieder aufzubauen, das ging etwas gegen seine Natur.

Es war mehr als charakteristisch, daß bei einer der Kundgebungen und Demonstrationen, die durch den Tiergarten zogen, Ordner an den Zügen entlangriefen und der revolutionären Menge zuriefen: »Nicht auf den Rasen treten!«

Der Krieg war vorüber, ich hatte ihn ohne Gefahr überstanden, während mein armer Bruder seinen linken Arm eingebüßt hatte. Er lebte mit unserer Mutter zusammen in München; wir sahen uns jedes Jahr einmal. Der Krieg hatte das Leben in Deutschland sehr schmal und elend gemacht. Nach den Hungerjahren von 1917/18 wurde das Essen wieder menschenwürdiger. Mit Hilfe der amerikanischen Quäker erhielten wir etwas Speck, der zwar nach Karbol schmeckte, aber uns ungemein sättigte. Die dicke Schokolade, die man kaufen konnte, hieß Kwatta, sie schmeckte herrlich. Aber viel wichtiger als alle die materiellen Güter war das, an dem wir Jungen tatsächlich Anteil nahmen.

Wir befanden uns damals in einem Zustand des Überschwanges, mochte Spartakus schießen oder die Reaktion aufmarschieren, das kümmerte uns wenig; denn die neue Zeit war da und der Dichter Leonhard Frank hatte verkündet, daß »der Mensch gut ist«.

Der Friede war zwar in Wirklichkeit nicht vorhanden, doch in unseren Herzen blühte er. Nie wieder konnte es Kriege geben, so sangen, malten und dichteten wir.

Damals wurde ich Mitbegründer der »November-Gruppe«, einer Vereinigung von Malern und Bildhauern, die den Expressionismus als Weltanschauung in Wort und Bild dokumentierten. Das Pathos des Menschheitsgefühls war nicht zu überbieten. Der Dichter Ludwig Rubiner sang es in Hymnen, Alfred Wolfenstein sang sein Hohes Lied von der »Kameradschaft der Menschen«. Und Zeitschriften erschienen und wir waren überall dabei. Die Sonne der Menschheitsbeglückung stand hoch an unserem jugendlichen Himmel, uns galt die Wirklichkeit wenig, in der viel Blut floß.

Am 15. Januar 1919 wurden die Arbeiterführer Karl Liebknecht und Rosa Luxemburg von Weißgardisten erschlagen. Wir schrieben protestierende Manifeste, wir bekannten uns öffentlich zu jeder Art von Menschheitsbefreiung.

Ich begegnete Eugen Leviné. Dies war die reinste Erscheinung eines völlig selbstlosen Menschen, die ich in meinem Leben jemals gesehen habe. Er starb vor dem Peleton des Münchener Standgerichtes im Mai 1919, als die Räterepublik in Bayern zerschlagen war.

Ich kann Dir, mein lieber Sohn, die Größe und Schönheit dieser Zeit nur in Andeutungen geben.

Sie war groß, diese Zeit, nicht, weil die Menschen in ihr groß waren, sondern, weil die Besten Großes wollten.

Heute kann ich die große Zeit von 1918 besser begreifen denn je. Daß das Wollen dieser Zeit in blutigster Barbarei endete, war nicht die Schuld der Menschen von 1918.

Elfter Brief

Eine große, eine fruchtbare Zeit war das! Und wir waren dabei. Wir Jungen zwischen 20 und 30.

Gulo und ich erlebten die wundervollste Zeit, die wohl zwischen zwei Menschen möglich ist.

Wir hatten beide unseren Beruf, sie den im Krankenhaus Westend als Ärztin, ich den eines Bühnenmalers, oder, wie man sagt, Ausstattungschefs an der Volksbühne am Bülowplatz. Wir hatten eine gemeinsame Wohnung, weit draußen im Westend, das damals noch Vorstadt genannt wurde. Wir hatten soviel Freunde, wie wir wollten, und mit ihnen verbanden uns die gemeinsame Freude und Hoffnung am Leben.

Und manchen Abend stand ich verwundert hinter den von mir gemalten Kulissen, sah Schauspieler in den von mir entworfenen Kostümen umhergehen und war eigentlich kindlich erfreut über die Tatsache, daß ein Jugendtraum nun Wirklichkeit geworden war. Denn die Malerei für die Bühne, das Entwerfen von Dekorationen und Kostümen, war von jeher meine Leidenschaft gewesen. Ohne es zu wissen, bedeutete dies für mich den Weg von der reinen Malerei zur Literatur, der ich mein späteres Leben widmete.

Damals, im Jahre 1920, erschien ein Buch von mir mit dem Titel »Revolutionäre Kunst«. In ihm waren Gedichte und Zeichnungen in durchaus expressionistischem Stile. Ich habe dieses Buch im Jahre 1937 in der öffentlichen Bibliothek in New York wieder gesehen; ich war erschüttert über die künstlerische Kraft meiner naiven Vorstellung von damals.

Ja, wir waren naiv, wir waren kindlich, selbst in unseren raffiniertesten Kunsterzeugnissen hatten wir eine Kindlichkeit, die den Bürger erschrecken sollte und uns selbst unbändigen Spaß machte. Man sage nichts gegen den Expressionismus. Es wurde viel Mißbrauch mit ihm getrieben, aber manche der besten Künstler machten aus diesem Zeitstil etwas, was immer bleibt, nämlich: Kunst.

Mein Leben war damals so angefüllt mit äußeren und inneren Ereignissen, daß es schwer fallen würde, sie alle aufzuzählen. Sie sind auch nicht einzeln wichtig, sondern nur im ganzen.

Im Frühjahr des Jahres 1920 ging meine Frau als Ärztin nach Worpswede. Ich blieb zurück als 27jähriger, der bereit war, sein Leben zu genießen. Und das tat ich. Hemmungen bürgerlicher Art hatte ich nicht, Erlebnisfülle war dicht und die Möglichkeiten zu ihr waren zahlreich. Wenn ich an diese Zeit zurückdenke, so bin ich fast versucht, sie moralisch zu verurteilen. Ich müßte es tun von meinem heutigen Standpunkt, aber ich tue es nicht, weil ich weiß, mit welcher Ehrlichkeit und Natürlichkeit ich damals den Dingen nachgab, die mir notwendig erschienen. Während der Jahre 1920 bis 1923 lebte ich im Winter und Frühling in Berlin, im Sommer und Herbst in Worpswede.

Ich lebte sehr laut und leidenschaftlich. In diesen Jahren, in denen die deutsche Währung zerbrach, wurde auch die Ehrfurcht vor manchem Bestehenden getötet. Es gab keine Ehrfurcht mehr vor der Ehe oder Bindung. Die Freiheit des Menschen manifestierte sich in einer Unabhängigkeit, wie sie vorher nicht bekannt war. Es waren Jahre der Anarchie und der Verantwortungslosigkeit. Aber alles stand unter dem Druck der immer enger werdenden materiellen Existenz, so wurde das Gefühlsmäßige zum Ventil. Es waren rasende Jahre. Geldeswert war nicht mehr vorhanden, Millionen bedeuteten nichts. Wir alle waren bessesen von jener Erlebnisgier, die wir für den Inhalt des Lebens hielten. Ich sehe heute den schwindelhaften Abgrund, in den hineinzustürzen fast ein jeder bereit war.

Selbst in dem Moordorf Worpswede wurde die Inflation der deutschen Mark zum Mittelpunkt der täglichen Existenz. Es gab dort ein Hotel, ein großes Haus, der »Brunnenhof«, der von den Künstlern und den Bewohnern der benachbarten Städte dazu benützt wurde, Feste ausgelassenster Art zu geben. Dieser Brunnenhof brannte eines Nachts völlig ab. Es war kurz vor dem Ende der Inflation. Wie ein Symbol sehe ich heute die Flamme des brennenden Hauses vor mir; es wurde wirklich nach diesem Brande stiller in Worpswede, und die Menschen besannen sich auf den eigentlichen Zweck ihres Daseins.

Ich lebte durch alle diese Tiefen, Untiefen und Höhen wie ein Schlafwandler. Ich genoß bewußt, aber im Grunde genommen blieb ich unberührt.

Ich kann dieses Jahr 1923 nicht verlassen, ohne des neunten Novembers zu gedenken. Jener Tag, der zur Schande Deutschlands weiter leben wird als der Anfang der tiefsten Erniedrigung.

Ich meine nicht jenen neunten Novembertag des Jahres 1918, als eine Revolution der Kriegsmüden begann, aus dem geschlagenen Lande eine Demokratie zu machen, ich meine jenen Tag, an dem die erste Hitlerschande über Deutschland hinwegbrauste. Damals wurde dieser »Hitler-Putsch« von der bewaffneten Macht der Republik niedergeschlagen, aber das Hitlergespenst erschien an diesem unseligen Tage zum ersten Male und machte Anspruch auf Führung.

Ein Zufall brachte es mit sich, daß ich in jenen Tagen in München war, um das Geburtstagsfest gemeinsam mit meinem Bruder zu feiern. Der neunte Tag des Novembers weckte uns alle unsanft aus einem sorglosen Schlafe auf; wir alle glaubten bis dahin niemals an die Ernsthaftigkeit jener »Bewegung«, die der ehemalige Anstreicher aus Braunau ins Leben rief. Damals waren die fünf furchtbaren Buchstaben NSDAP noch nicht allgemein bekannt. Aber jene »Nationalsozialistische Deutsche Arbeiterpartei« war es, die am 8. November 1923 einen Vortrag des damaligen Ministerpräsidenten Kahr benutzte, wie Gangsterhorden eine Macht erschleichen zu wollen, die ihnen knapp 24 Stunden blieb.

Am Morgen des 9. November wurden wir durch die Meldung aufgeschreckt, daß eine »National-Regierung« in München gebildet sei. Mein Bruder riet mir zur sofortigen Abreise nach Worpswede, aber ich entschied, zu bleiben.

So wurde ich Zeuge jener unrühmlichen Szene an der »Feldherrnhalle«, bei der geschossen wurde und Blut floß. Ich befand mich zu der Stunde in der »Bodega« an der Maffeistraße, wo ich die Schüsse und den Tumult hören konnte.

Draußen sah man eine aufgeregte Menschenmenge vorbeilaufen, Rufe ertönten wie: »Nieder mit Kahr!«, »Nieder mit dem Verräter!«

Erstaunlicherweise hörte man keine Schreie wie: »Nieder mit Hitler!« Die Menschen schienen empört zu sein, daß der Herr von Kahr in letzter Stunde doch noch die Reichswehr alarmiert hat, um den Hitlerspuk zu verjagen. Er hatte unter der Revolverdrohung des fanatischen Hitler am Vorabend im Bürgerbräukeller seine Zustimmung zu einer »Nationalen Deutschen Regierung« gegeben.

So war die Lage. Die enttäuschte Menge war anscheinend den Versprechungen eines Hitlers erlegen.

Der Kellner Anton stand in der Tür: »Jetzt können's noch nicht gehen ...« Dann nach einer Weile: »Jetzt können's gehen ... jetzt haben wir's geschafft ...«

Als ich im Jahre 1933 wieder in der »Bodega« weilte (Hitler war schon Reichskanzler), da sagte ich ironisch zum Anton: »Nun ... haben wir es geschafft?«

Er aber zuckte resigniert die Achseln, sagte nur: »O mei.«

Dies war das Erlebnis des Hitlerputsches. Damals begriff ich wie die meisten nicht, daß es der Anfang vom Ende Deutschlands war. Heute weiß es die Welt.

Zwölfter Brief

Meine Ehe war im eigentlichen Sinne nicht mehr vorhanden; das Zusammensein mit meiner Frau zeigte eine völlige Verschiedenheit des Lebensweges, so daß die Harmonie nur im geistigen Sinne bestand. Ich war damals nach den Jahren der Geldentwertung in sehr schlechter materieller Situation, meine Frau bemühte sich, als Ärztin ihren Lebensunterhalt zu verdienen, ohne daß ich ihr finanziell dabei helfen konnte.

Ich war damals so, daß ich zu jeder Art von Gemeinschaft unfähig war — zu egoistisch, zu sehr auf das *Ich* bedacht, zu ungeeignet für die Kompliziertheit einer auf materielle Unzulänglichkeit aufgebauten Zusammengehörigkeit, wie sie meine Ehe darstellte. Ich sehe es heute ganz klar, daß ich einfach nicht weise genug war, das zu halten, was ich im

Leben nie wieder in dieser seelischen Vollkommenheit wiederfand.

Ich ging nach Berlin, lebte dort als Junggeselle und versuchte mit Hilfe meiner Malerei, so etwas wie einen Lebensunterhalt zusammenzubringen.

Diese Nachinflationszeit in Deutschland war nur für die Menschen erträglich, die aus dem Überschwang der Nachkriegsjahre einen seelischen Fond gesammelt hatten. Meine erfolgreiche Tätigkeit als Maler neigte sich dem Ende zu. Trotzdem ich weiterhin jedes Jahr meine Bilder ausstellte, Illustrationen machte, auch für den Film tätig war, indem ich Dekorationen entwarf, war dennoch alles in mir bereit, die Malerei aufzugeben und Schriftsteller zu werden.

Es genügte nur ein kleiner Anstoß.

Es geschah bei meinem ersten Besuch in Italien, daß ich zutiefst begriff, wie wenig notwendig meine künstlerischen Versuche gewesen waren. Ich begriff, daß ich niemals ein Augenmensch gewesen war, sondern immer das Wort zur Verstärkung meiner Ausdruckskunst gebrauchte. In Florenz sah ich Bilder, in denen alles gelöst war, was ich gewollt hatte.

Mein Übergang von der Malerei zur Schriftstellerei geschah nicht so plötzlich, wie es den Anschein hatte. Das Wort, das bilden und malen konnte, erschien mir immer mehr und besser meinen künstlerischen Absichten zu dienen. Mein Besuch in Italien, das Erlebnis, das in mir besonders beim Anblick der primitiven Italiener in Siena zuteil wurde, beschleunigte diese Entwicklung.

Der Expressionismus, die Ausdruckskunst, hatte seinen Höhepunkt überschritten und begann in einem neuen Klassizismus zu enden, zu dem ich als Maler keine Beziehung hatte. Ich begriff immer mehr, daß der Inhalt eines Bildes für mich wichtiger war als die Form. Ich stand meinen Arbeiten sehr kritisch gegenüber und erkannte, daß bei aller Begabung meine Kunst keine Entwicklungsfähigkeit haben würde. Der Satz von Albrecht Dürer: »Der Künstler muß innerlich voll Figur sein, er muß es herausreißen können«, wurde von mir begriffen. Die »Figur«, die ich innerlich hatte, bekam keinen Zuwachs von außen; sie mußte verdorren.

Den äußeren Anlaß, die Malerei völlig aufzugeben, gab mir ein Zusammensein mit dem Maler Oskar Kokoschka, mit dem ich einige Zeit bei Freunden in Berlin wohnte. Ich ging viel mit Kokoschka spazieren, wir konnten über alles mögliche sprechen und waren nicht sehr verschiedener Meinung, da warf er sich plötzlich im Grunewald auf eine grasige Stelle, riß mit den Zähnen Gras aus, kaute es und sagte: »Man muß es schmecken können.« In diesem Augenblick wurde mir klar, daß er ein wirklich von der Natur besessener Mensch war, der das sinnliche Gefühl zur Mutter Erde sich bewahrt hatte. Ich begriff, daß ich ein »Außenseiter des Geistes« war. Kokoschka sagte dann in seiner burschikosen Art: »Ja, wenn Sie das nicht mal nötig haben, dies ... Bedürfnis, Erde zu fressen, dann sind Sie kein richtiger Maler.«

Auf der Reise nach dem Süden traf ich auch die Frau wieder, die mir aus meinen jungen Jahren her bekannt war. Es war Deine Mutter, mein Sohn, mit der ich damals im Jahre 1925 die schönsten Städte Italiens besuchte.

Wir fuhren von Florenz nach Siena, wo ich in dem kleinen Museum die Bilder jener Sienesischen Maler sah, die mir endgültig zeigten, daß mein Weg als Maler beendet sei. Von dort über Rom, Neapel ging es nach Sorrento, wo wir zwei Monate blieben. Wir taten alles, um das Land kennenzulernen. Wir fuhren nach Capri, wanderten nach Anacapri, um von der Villa des Tiberius aus die überwältigende Schönheit des Golfes von Neapel zu genießen. Der Süden ist ein Erlebnis, das mit nichts zu vergleichen ist. Wenn man dieses zum erstenmale hat, begreift man es als Wendepunkt.

Unter diesem südlichen Himmel geschahen alle wichtigen Ereignisse der Welt, das Mittelmeer war der Ozean des Altertums, auf dem unsere Welt sich aufbaute. Geruch des Südens, Orangen und Zitronen an den Bäumen, dunkel drohend der Vesuv im Hintergrund, unter einem azurblauen Himmel am Tage und sternenübersät in der Nacht, dies alles war anders als auf Postkarten. Buntheit war nicht das Entscheidende, sondern die Athmosphäre des Südens, der Zusammenklang aller lebendigen Farben der Natur, das war die Welt Italiens. Ich genoß diese sechs Monate mit allen Sinnen. Es war für mich die Entscheidung, nunmehr in Worten produktiv sein zu wollen und nicht mehr in Farben.

Auf meiner Heimfahrt blieb ich in München, um einige Wochen mit meinem Bruder zu verbringen. Als Zwillinge waren wir uns äußerlich sehr ähnlich, aber unsere Wege waren so verschieden, daß von einer inneren Ähnlichkeit kaum die Rede sein konnte. Mein Bruder war Kaufmann und, wie man sagt, stand er im praktischen Leben.

Er war ein gutherziger, aber jähzorniger Mensch, der seine Kriegsverwundung zum Anlaß nahm, seine nervösen Ausbrüche zu entschuldigen. Ich erinnere mich eines Gespräches mit meinem Bruder, als wir die Ludwigstraße hinuntergingen: es war ein Gespräch über Religion. Mein Bruder entwickelte eine sehr große Leidenschaft, mir klarzumachen, daß er sich in erster Linie als Jude fühle und in letzter Linie als Deutscher. Ich bin weit davon entfernt, zu bestreiten, daß ich niemals recht gewußt habe, was Deutsch – oder was Judentum ist. Als Staatsbürger war ich ohne jede Begeisterung. Selbst unter der Republik war mein Anteil an den staatlichen Dingen sehr gering.

Mit dem Judentum verband mich eigentlich nur die Erinnerung an meine orthodoxe Erziehung. Eine jüdische Gegenwart gab es für mich nicht. Meine Welt reichte vom Nordkap bis nach Afrika. Ich war überall zu Hause, wo ich Verständnis fand und gleichgestimmte Seelen. Und wo waren die nicht? Das Wort »international« bedeutete für mich die Überwindung des Nationalismus, die Steigerung zum Menschentum.

Nun aber sah ich in meinem Bruder, wie er von einer vergesessenen Religiosität zu einem jüdischen Nationalbewußtsein flüchtete, das keinen anderen Inhalt hatte als die Hoffnung in Palästina. Ich fragte ihn: »Warum wanderst du nicht aus?« Er war sichtlich verlegen und bewies mir (so glaubte er) in einem Schwall von Worten, daß Zionismus niemanden verpflichte, nach Palästina auszuwandern. Später einmal würde er es sicher tun.

Im Jahre 1944, am 10. Januar, starb mein Bruder in Jerusalem.

Ich fand keinerlei Partei, keine politische Richtung, die mir in diesen Jahren 1926 bis 1930 entsprochen hätte. Das Religiöse spielte überhaupt keine Rolle, es war sozusagen »vergangene Geschichte«. Die Lebendigkeit der religiösen Bewegungen wurde von mir nicht erkannt. Selbst wenn ich, wie jede Ostern, die Matthäus-Passion hörte, oder das Weihnachtsoratorium von Johann Sebastian Bach, dann wurde mir in beiden Chorwerken niemals klar, wie entscheidend und bedeutsam das Geschehnis ist, während die herrliche Musik nur Begleitung war.

Damals war es für jeden musikalischen Menschen selbstverständlich, Passionen oder Neunte Symphonien zu hören, ohne sich um das Textliche zu kümmern.

Ich sehe heute darin eine Unwahrheit; denn wie ist es möglich, die Leidensgeschichte des Erlösers oder die Hymne an die Freude als musikalisches Ornament zu erleben. Die Überschätzung des Formal-Künstlerischen war bei den sogenannten gebildeten Kreisen damals üblich.

Eine gewisse Verantwortungslosigkeit wurde damals gestärkt, indem die Kunstsachverständigen die einzigartige Stellung der Künste und der Künstler bewiesen. Niemand war zu der Zeit verpflichtet, zu seinen Worten, Bildern oder Taten zu stehen. Es gab keinen Gewissenszwang, da man das Gewissen überwunden hatte. Ich spreche nur von der sichtbaren Schicht der schaffenden Künstler. Sicherlich gab es unter der Oberfläche Menschen genug, die wußten, daß die Zeit, wie vielleicht keine sonst, Verantwortung forderte.

Du mußt Dir vorstellen, mein lieber Sohn, daß es damals in Deutschland eine Staatsform gab, die »Republik« hieß, aber keineswegs Demokratie genannt werden konnte. Trotz besten Willens der verantwortlichen Männer an der Spitze des Staates war das deutsche Volk in seinem Kern von den Zielen der Weimarer Verfassung unberührt.

Man mißverstand das Wort »Demokratie«, indem man nicht (wie das Wort heißt) das Volk herrschen ließ, sondern eine Reihe von gut- oder böswilligen Persönlichkeiten, die wiederum Geschäfts- oder Berufsinteressen hatten. Damals glaubte man, daß die Zeit Deutschland zur Demokratie reif machen würde. Sie bewirkte das Gegenteil. Sie ermöglichte der größten Barbarei, ihre Herrschaft in Deutschland anzutreten.

Du wirst mich fragen, mein Sohn, wie wir, die wir an sichtbaren geistigen Posten standen, in der Presse, am Rundfunk und im Theater, dies zuließen.

Heute, während der Krieg noch in Deutschland tobt, sehe ich klarer als je zuvor, daß die meisten unserer Bemühungen zu geringfügig und schwächlich gewesen waren. Gewiß, die Artikel in den Zeitungen, die Hörspiele im Rundfunk, die Kabarettaufführungen und Theaterstücke, sie waren Flammen und konnten überzeugen. Aber sie erreichten nur einen kleinen Teil des Volkes. Die wir an geistigen Dingen interessiert waren, ahnten kaum, daß in den Vororten der Großstädte ein handgreiflicher, blutiger Kampf gegen die Nazis ausgefochten wurde, das geschah fast jede Nacht. Aber wir waren zu sehr versponnen in die Form unserer »Ausdruckskunst«, als daß wir dem kämpfenden Alltag irgendeinen Nutzen hätten bringen können. Es ist sehr leicht für uns, die wir heute vertrieben und verbannt sind, unsere Fehler einzugestehen. Wir sollten es heute alle wissen, daß es damals unsere Pflicht gewesen wäre, mitzuhelfen, die sogenannten Konflikte zwischen den republikanischen Parteien zu überbrücken, um handgreiflich und wirklich den braunen Feind zu bekämpfen.

Es gab manche, die dies damals erkannten und danach handelten. Aber es waren nur wenige; es waren die stillen, unbekannten Helden, die später im Konzentrationslager vermoderten oder auf Schafotten ihr Leben hingaben. Der Radikalismus der sogenannten führenden Schichten hatte wenig Beziehung zur täglichen Auseinandersetzung des »kleinen Mannes«, der es mit seinem ganzen Dasein auszubaden hatte. So waren die Dinge zwischen 1929 und 1933, als wir noch nicht an den Ernst der Nazigefahr glaubten. Im Jahre 1932 las man plötzlich von den »Boxheimer Dokumenten«, die damals von der preußischen Regierung aufgedeckt wurden. Wer aber glaubte damals, daß alle diese Programmpunkte der Nazis wirklich ausgeführt wurden?

Die Mehrzahl der Leitartikler in den Zeitungen bewies, daß eine Durchführung dieser Scheußlichkeiten unmöglich wäre. Das Bewußtsein, in einem fortgeschrittenen Jahrhundert zu leben, war damals überaus mächtig.

Doch, mein Sohn, heute wissen wir, daß jene Dokumente, die irgendein indiskreter Nazi an die Öffentlichkeit brachte, von der späteren Wirklichkeit weit in den Schatten gestellt wurden. Die ganze Raub- und Ausrottungspolitik der Nazis war darin, da war Auschwitz, Maidanek und Buchenwald, da war der ganze Plan aufgezeichnet, der heute einer schaudernden Welt bekanntgeworden ist.

Es gibt nur eins, zu hoffen, daß die führende Geistigkeit in der Welt ihre Pflicht begreifen wird. Es gibt nur eine Pflicht: tatkräftig mitzuhelfen und nicht beiseitezustehen. Niemand sage, daß er eine andere Aufgabe hätte als die, ein Unglück zu verhüten, wie es jenes war, das in Deutschland 1933 sich ereignete. Bergeshoch lastet die Verantwortung auf uns: unsere Selbstsucht und unseren Ehrgeiz zurückzustellen, um der Sache zu dienen, die ein anderes Weltunglück verhindern muß.

Dreizehnter Brief

Es gab einen Mann in Deutschland, der ebenso berüchtigt wie berühmt war. Er hieß Carl von Ossietzky, der Herausgeber der Zeitschrift »Die Weltbühne«. Diese kleinen roten Hefte, die an jedem Samstag erschienen, waren ursprünglich von Siegfried Jakobsohn gegründet, der als kluger und scharfer Theaterkritiker bekannt war.

Die Zeitschrift hieß damals »Die Schaubühne«, und ich hatte die Ehre, mit einer ersten schriftstellerischen Arbeit darin gedruckt zu sein. Nach dem Tode Siegfried Jakobsohns, der allzu jung starb, übernahm Ossietzky die Zeitung und machte aus ihr eine wirkliche Bühne der Welt.

Ich hatte das Glück, Carl von Ossietzky im Jahre 1915 kennenzulernen. Damals waren wir beide gleich unwillige Soldaten, die den Königsrock mit sehr wenig Stolz trugen. Ossietzkys ernst-gravitätisches Wesen war mit einer verhaltenen Ironie geladen, die jeden Militaristen und Bürger zutiefst erregte. Sein natürlicher Widerwille gegen die blutige, uniformierte Bürokratie war groß. Er kannte die Schrekken und Gefahren der Militärspielerei, welche die erste Katastrophe in Deutschland verschuldete. Er war es, der die Verstöße der deutschen Militaristen gegen den Versailler Frieden aufdeckte. Er ließ Artikel in seiner Zeitschrift erscheinen, die die heimliche Aufrüstung Deutschlands zum Inhalt hatten. Die Untaten der »Schwarzen Reichswehr«, die Feme-Morde, wurden in der »Weltbühne« zum erstenmal an die Öffentlichkeit gebracht.

Ossietzky gehörte niemals einer Partei an, sein Haß gegen die Uniform erstreckte sich auf jede Art von Parteizugehörigkeit. Er wurde fälschlich als Kommunist bezeichnet. Er blieb bis zu seinem Ende der unbestechliche Vorkämpfer für die unteilbare Demokratie. Im Jahre 1932 setzte es die Reichswehr durch, daß Ossietzky zu einer längeren Gefängnisstrafe verurteilt wurde.

Wir waren damals stolz, ihn in das Gefängnis Plötzensee zu begleiten. Es war eine kleine, aber auserwählte Schar von Mitgliedern der »Liga für Menschenrechte«, die dem Freiheitshelden Ossietzky das Geleit in die Unfreiheit gaben. Als er wieder aus dem Gefängnis kam, war es wenige Wochen vor Hitlers Machtübernahme.

Ich hatte das Glück, ihn in diesen Tagen öfters zu sprechen. Ich stellte ihm vor, wie schwierig es sein würde, im Hitlerreich zu existieren.

Aber er lächelte mich nur an: »Das Verbum ›auswandern‹ kommt in meinem Vokabular nicht vor.« Es war keine leere Phrase, er machte seinem Grundsatz alle Ehre und wanderte am 27. 2. 1933 ins Konzentrationslager. Ossietzkys Name wurde in der ganzen gesitteten Welt geehrt. In ihm war alles, was Deutschland an aufrechter Gesinnung aufbringen konnte.

Er war nicht der einzige, der als Deutscher für seine Überzeugung litt, aber er war der, den die Nazis wohl am meisten haßten. Sein Widerstand gegen den braunen Ungeist war der des natürlichen Menschen gegen die Unnatur des blutigen Kleinbürgers. Ossietzky liebte, wie er mir oft sagte, sein Heimatland, das Deutschland hieß.

Er war der größte Patriot, den dieses Land je besaß, er war aber kein Nationalist, sondern ein kritischer Geist, der nur das Beste für sein Land wollte und wünschte. Ich erinnere mich, daß er einmal in seiner leisen, sarkastischen Art sich über seinen Mitarbeiter Kurt Tucholsky folgendermaßen äußerte: »Sehen Sie, was versteht Tucholsky eigentlich noch von Deutschland, er lebt seit zehn Jahren in Paris, und man kann nicht immer über die Grenze ins Land hineinschimpfen.«

Im Jahre 1938 erhielt der Konzentrationslager-Häftling Carl von Ossietzky den Friedens-Nobelpreis.

Das war die Antwort der gesitteten Welt auf die Haltung der Nazimachthaber. Zwar hatte Ossietzky infolge betrügerischer Manöver der Nazis die Geldsumme des Nobelpreises niemals ausgezahlt bekommen, aber man entließ den schwer herz- und lungenkranken Friedenskämpfer aus dem Lager, überführte ihn in ein Krankenhaus, — von dort in die sogenannte Freiheit, die er aber nicht mehr lange erleben konnte. Er starb kurze Zeit darauf.

Heute wünschte man, es würde sich ein zweiter Ossietzky finden, voll Schwung und Optimismus, unabhängig und entschlossen. Damals war Ossietzkys Größe nur von den Menschen erkannt worden, die ihn begriffen hatten. Die Künstler begriffen ihn besser als die Politiker. Aber seine Wirkung, die er als Gefangener des Dritten Reiches auf die Nicht-Nazi-Welt hatte, war ungeheuer.

Sein Beispiel wirkte, und nach seinem Tode wurde sein

Name zum Begriff. Als die Republik in ihren Grundfesten erzitterte und bebte, da war niemand überrascht, daß dies Gebilde aus gutem, aber schwachem Willen nicht lebensfähig war. Aber wir alle waren mehr Zuschauer als Handelnde. Die republikanischen Parteien waren den sogenannten »Geistigen« gegenüber sehr zurückhaltend. Sie waren, ohne es zu wollen, viel kleinbürgerlicher als man glaubte. Der Nazitrick bestand darin, daß man diese Engstirnigkeit als bezeichnend für jede Art von Demokratie hinstellte. Der Deutsche wußte trotz zwölf Jahren Republik von dem Wesen der Demokratie wenig. Trotz der Bemühung der sogenannten republikanischen Parteien war der durchschnittliche Deutsche immer noch der Ansicht, daß in einem Staat »irgend jemand« befehlen müsse.

Das, was die französische Revolution von 1789 und vorher die amerikanische Revolution von 1767 geschaffen hatten, jene Freiheit des Denkens und Handelns, jene Fähigkeit, sich selbst die Obrigkeit zu schaffen, war in Deutschland nur schlecht verstanden worden. Die Fehlschläge von 1848 und 1918 haben nicht die Unfähigkeit der Deutschen zur Demokratie erwiesen, sondern nur ihre Unwilligkeit. Das, was von 1918 bis 1933 in Deutschland versucht wurde, versandete und endete in jenem barbarischen Hitlerreich, das nun am Zusammenbrechen ist.

Ich möchte es hier aussprechen: die übrige Welt hat der deutschen Republik die genügende Unterstützung versagt, das war ein Teil der Ursache ihres Zusammenbruchs. Aber letzten Endes ist jedes Volk für die Regierungsform verantwortlich, die es schafft oder über sich ergehen läßt. Die Schuld der anderen vermindert nicht die eigene, wie kein Mörder sich damit entschuldigen kann, daß es außer ihm ja auch andere Verbrecher gibt.

Vierzehnter Brief

Im Mai 1929 heiratete ich zum zweitenmal; die nächsten Monate verbrachten wir auf Reisen. Wir beide waren materiell unabhängig, meine Tätigkeit als Schriftsteller und Journalist gestattete es mir, von überall her meine Artikel und Aufsätze zu den Verlagen und Redaktionen zu schicken. Nach jener ersten Italienreise hatte ich es völlig aufgegeben, meine Ideen als Maler oder Zeichner zu gestalten. Ich fühlte, daß ich im Worte mich besser und klarer ausdrücken konnte. Für die Ullstein-Zeitungen schrieb ich kleine Aufsätze, die beinahe allwöchentlich erschienen.

Wir lebten im Sommer in der Normandie und in der Bretagne, dann gingen wir nach Paris, von dort nach der Schweiz, dann nach Italien, wo ich meistens den Winter über blieb. Meine innere Situation war damals weniger geklärt als meine äußere. Ich fühlte oft, wie wenig glücklich der Besitz der Außendinge des Daseins macht. Ich hatte sie alle, diese bequemen und schönen Annehmlichkeiten, die man gemeinhin »moderne Zivilisation« nennt. Oft horchte ich in mich hinein und hörte viele Fragen, auf die ich keine Antwort wußte.

Die Probleme, die mich seit meiner Kindheit bewegten, schrieb ich in einem Buche nieder, einem Entwicklungsroman, der im Jahre 1931 unter dem Titel »Kaiserwetter« in Berlin bei S. Fischer erschien. Es war bezeichnend für die Mühelosigkeit meines literarischen Erfolges, daß ich zufällig in der Schweiz in der »Frankfurter Zeitung« den Abdruck meines Romans las. Ich wußte nichts davon. Und als ich in meine Sommerwohnung an den Bodensee kam, fand ich eine Anfrage von vier der größten deutschen Verlage vor, die alle meinen Roman drucken wollten.

Ich fuhr nach Berlin und schloß mit S. Fischer einen Generalvertrag, der allen meinen gegenwärtigen und künftigen künstlerischen Erzeugnissen Unterkunft gewähren sollte.

Im Herbst desselben Jahres ging ich nach Griechenland und nach der Türkei. Dort verlebte ich eindrucksvolle Wochen, bis ich dann über Nordafrika nach Süditalien zurückkehrte, um dort meinen zweiten Band »Kaiserwetter« zu schreiben. Er sollte übrigens nie erscheinen, denn als er fertig geschrieben war, war die Zeit in Deutschland schon so hitlerreif, daß mein Verleger Fischer es nicht wagte, ihn erscheinen zu lassen.

In den Jahren bis 1933 lebten wir in Deutschland; es war seltsam, so, als ob ich den endgültigen Abschied geahnt hätte, lebte ich gerade in der schwierigsten und politisch gefahrdrohendsten Zeit in Deutschland. Die Menschen der damaligen Zeit wollten das kommende Unheil nicht wahrhaben.

Ich erinnere mich, daß ich eines Abends im September 1931 die Fensterscheiben im »Café Dobrin« klirren hörte, die von einer johlenden Menge zerschlagen wurden, weil dieses Café sich in jüdischen Händen befand. Es waren die Tage, an denen die Nazis mit 130 Abgeordneten in den Reichstag zogen, als der Reichskanzler Brüning zu schwach war, um die anschwellende braune Flut zu dämmen. Heute frage ich mich oft, warum ich damals nicht dieses Land verließ? Warum ich es nicht vorzog, außerhalb der deutschen Grenzen eine reine und friedliche Existenz zu führen? Ich weiß es nicht. Ich begriff nur, daß damals keine Macht in der Lage war, mich von der gewohnten Atmosphäre zu trennen. Und ich war nicht allein. Viele Freunde von gleicher politischer Gesinnung blieben damals dort, nicht so sehr, um etwas gegen die Nazis zu unternehmen, als vielmehr, um eine abwartende Haltung einzunehmen.

Damals war die Frage für jeden Juden dieselbe. Diese Frage hieß einfach: wann? Der Zwiespalt zwischen Heimatbewußtsein in Deutschland und jüdischem Nationalbewußtsein wurde damals groß. Ich kannte viele, die in diesen Jahren zum nationalen Judentum resignierten. Ihre Zugehörigkeit zum deutschen Volke, mit dem sie mehr als hundert Jahre lang verbunden waren, wurde immer fraglicher. Es blieb ihnen keine Wahl, als sich auf das zu besinnen, was das Ursprünglichste in ihnen war. Wenn ich von heute her die Dinge begreife, so muß ich sagen, daß es mir zu keiner Zeit an einem jüdischen Bewußtsein gefehlt hat. Aber daraus eine Fahne oder ein Programm zu machen, war für mich unmöglich; von dieser Notwendigkeit konnte mich auch Hitler nicht überzeugen. Meine Zugehörigkeit zur deutschen

Sprache war niemals fester gewesen als in jenen Tagen, wo mir aus »rassischen Gründen« die Berechtigung dazu aberkannt wurde. Es war aber nur das Vorspiel für das Kommende, was ich damals erlebte.

Im Jahre 1932 verdichtete sich das politische Gewölk, aber als Du am 19. Mai geboren wurdest, da erschien mir alles gleichgültig, außer dem Einen, daß es Dich gab. Es war eine untergehende Welt, in die Du hineingeboren wurdest, aber als sie zusammenbrach, warst Du in Sicherheit.

Im Dezember 1932 lebte ich in der Nähe von Berlin, in Caputh, wo ich versuchte, die Zeit zu ignorieren. Ich schrieb damals mein kleines Buch »Felix und Felicia«, das mich und die Leser auf andere Gedanken bringen sollte. Dieser harmlose Sommer-Roman erschien damals im Jahre 1933 und mußte unter einem Pseudonym verlegt werden, da mein Verleger sich mehr gesichert fühlte, wenn er keine Autoren mit jüdischen Namen in seinem Verlage hatte. Das Buch wurde ein großer Erfolg für »Karl Büttner«, unter dessen harmlosem Namen ich mich verbergen mußte. Trotz meiner Unbeliebtheit in der Nazipresse erschienen recht wohlwollendie Aufsätze über das Büchlein in der gleichgeschalteten deutschen Presse. Was aber nicht hinderte, mit Stolz sei es vermerkt, daß am 10. Mai 1933 mein Roman »Kaiserwetter« im Lustgarten in Berlin von den Nazis verbrannt wurde. Dies war auch das Ende meiner schriftstellerischen Laufbahn in Deutschland. Die Frage, »Wann wirst du auswandern?« wurde nun zur täglichen Notwendigkeit. Die Reihen meiner Freunde lichteten sich. Sie verschwanden im Ausland und einige im Konzentrationslager.

Ich erinnere mich noch, daß an einem Abend vor meiner Tür in Zehlendorf mein Freund Theodor Haubach verhaftet wurde. Er war jahrelang der Pressechef des Berliner Polizeipräsidiums gewesen, er war ein Hasser des Naziregimes wie selten einer. Er sprach aber nie über Politik, meistens über Musik und Literatur. Als ich sah, wie zwei Männer auf ihn zutraten, ihn in ihre Mitte nahmen und die Straße hinuntergingen, da wußte ich Bescheid. Hier sah ich mit eigenen Augen das Wesen des Nationalsozialismus. Theodor Haubach wurde jahrelang im Konzentrationslager festgehalten, dann freigelassen, bis er infolge der Ereignisse vom 20. Juli 1944 gehängt wurde.

Es wurde langsam so unerträglich, daß ich mich im Sommer 1933 entschloß, nach Dänemark zu gehen. Dieses Gefühl, wieder in der Freiheit zu leben, bestärkte meinen Entschluß, endgültig aus Deutschland auszuwandern. Ich kehrte von dieser Reise zwar nach Berlin zurück, aber nur, um im Dezember nach der Schweiz zu übersiedeln.

Fünfzehnter Brief

Weißt Du, lieber Junge, was das heißt: auszuwandern? Du weißt es nicht, es wird Dir hoffentlich in Deinem Leben erspart bleiben. Du lebst in Deinem Lande, einer Stadt, die Du mit Recht als die Deine ansiehst. Alles gehört Dir: die Straße, in der Du spielst, die Wohung, in der Du wohnst, alles gehört Dir. Das Zimmer ist das Deine wie die Luft und der Himmel, wie die Sprache die Deine ist, die alle Menschen sprechen, wie Du selbst.

Gott möge Dich behüten, daß Du es niemals verlieren mußt, daß alles um Dich und in Dir bleiben wird wie Dein Körper.

Ich verlor das alles, als ich das Land meiner Geburt verlassen mußte. Niemand vertrieb mich, und doch war ich vertrieben; niemand zwang mich zu gehen, und doch ging ich. Denn das alles, was ich zu mir gehörig glaubte, war unerreichbar für mich geworden. Meine Wünsche und meine Sehnsucht wurden eingeengt, sie starben, bevor ich aus ihnen das machen konnte, was mir Leben bedeutete: meine Kunst.

Ein Land begann den Wahnsinn anzuerkennen; ein Land begann wieder darauf stolz zu sein, daß Macht vor Recht ging. Es war das Land meiner Geburt, das damals nach einem Ausspruch eines amerikanischen Schriftstellers: »seine Uhr zurückstellte«. Ich hatte in Deutschland nichts mehr verloren. Ich ahnte, daß es vielleicht das letztemal sein würde, daß ich dieses Land verließ. Eine Rückkehr erschien mir unmöglich.

Als ich an jenem Dezemberabend am Schwarzwald entlangfuhr, die dunklen Wälder sah, den Himmel verdämmern, da glaubte ich, die Bäche zu hören und die Herdenglocken. Da überfiel es mich plötzlich wie ein körperlicher Schmerz. Ich konnte es nicht in Worte fassen, ich hatte bloß ein dumpfes wehrloses Gefühl, es war mehr als Schmerz, es war mehr als Heimweh: ich begriff den körperlichen Zusammenhang mit dem Lande meiner Geburt.

Es ist nicht sentimental, es ist nicht wehleidig, es ist, als ob man das zweitemal den Schoß der Mutter verläßt, nur ganz bewußt und als erwachsener Mensch. In diesem Augenblick wußte ich, daß ich ausgestoßen war, ich fühlte Angst vor dem Nichts.

Das erste was ich in der Schweiz tat, war, einen Aufsatz für die in Prag erscheinende »Weltbühne« zu schreiben, einen Artikel, der die künstlerischen Zustände im Dritten Reich schilderte. Ich erinnere mich, daß ich über nichts so große Freude hatte wie über das Gedrucktsein meines ersten antifaschistischen Artikels. Es war geradezu ein körperliches Wohlbehagen, als ich nach einigen Wochen Worte und Sätze gegen das Dritte Reich, mit meinem Namen gezeichnet, wiederfand.

Damals prägte ich den Satz »emigration oblige«; ich war glücklich, danach handeln zu können.

Nach den Spannungen und Aufregungen, die im Dritten Reich unausbleiblich waren, konnte ich jenseits der Hakenkreuzgrenzen wieder ruhig schlafen. Aber ich war nicht ausgewandert, um mich dieser Beschäftigung hinzugeben, im Gegenteil, ich bemühte mich, für die Schweizer Zeitungen schreiben zu können. Wir siedelten uns, wie Du Dich sicher noch erinnern kannst, in Luzern an. Wir hatten dort eine hübsche Wohnung mit Ausblick auf den Pilatus und ein Stück vom Vierwaldstätter See. Luzern bot außer der Saison nichts weiter als Stille und Langeweile. Aber es gab noch das alte

Gasthaus, das sogenannte »Dubeli«, wo Richard Wagner einst gesessen hatte. Nie werde ich den herrlichen roten Kalterer und die »Chäschuechli« vergessen, die es dort gab. Da war das »Luzerner Tageblatt«, dessen freundlicher »Redaktor« keinerlei ernstlichen Widerstand dagegen leistete, daß ich mich in den Spalten seiner Zeitung austobte. Ich schrieb damals über Theater, Bücher und Kunst.

Doch eines Tages kam die hochlöbliche Fremdenpolizei und machte mich in Schwyzer Dütsch, aber verständlich, darauf aufmerksam, daß ich nur das Recht hätte, mein Geld auszugeben, aber nicht berechtigt sei, etwas einzunehmen. Ich entschloß mich daraufhin, nach Rücksprache mit dem Redakteur, in die Larve des Pseudonyms zu kriechen.

Meine Zeit in der Schweiz war ein Zwischenstadium, das ich in seiner Begrenzung bewußt genoß. Ich wußte genau, daß ich Europa zu verlassen hatte. Ich hatte Angst, Europa zu verlassen, zumal ich im benachbarten Zürich genug Freunde fand, die mir den so lang entbehrten europäischen Geist vermittelten. Zürich war damals die wirkliche Zentrale der heimatlos gewordenen deutschen Kunst.

Ich traf meine Freunde wieder, mit denen ich die Jahre der deutschen Republik verlebt hatte, ich hörte schöne Konzerte unter Bruno Walter, erlebte Arthur Schnabel und sah viele schöne Aufführungen im Zürcher Schauspielhaus. Die Dichterin Else Lasker-Schüler geisterte damals in den Cafés umher und erschreckte uns alle mit ihrem bedrohlichen Wesen (sie starb inzwischen in Palästina). Ich traf meinen alten Schulfreund Erich Katzenstein wieder, der immer noch ein gütiger, kluger Mensch war, der 1920 Deutschland verlassen mußte, weil er mit Ernst Toller befreundet war. Ich sah den und jenen aus der Vergangenheit, aber ich sah keine Zukunft. Die Nähe Deutschlands hatte etwas Beunruhigendes.

Die Emigranten in Zürich waren in ihrem Antifaschismus sehr unbeirrbar. Es war eine Art Gespensterleben, das sich da in Zürich unter der deutschen Emigration breitmachte. Es blieb ihnen allen nichts anderes übrig, als zu warten. Es war wie ein Wartezimmer eines Arztes, nichts anderes.

Diese Patienten konnten im Grunde nur homöopathisch geheilt werden, das heißt, durch ihre Wiedervereinigung mit Deutschland. Mir wurde in diesen Tagen klar, wie schwierig die Situation eines Ausgewanderten ist. Noch bestand nicht (wie ich später sah) der sprachliche Unterschied zwischen ihnen und der Umwelt, noch konnten sie in ihrer Sprache denken und schreiben. Doch sie waren geduldet und ein wenig verfemt. Nur wenige konnten es ertragen.

Die letzten Tage in Europa fanden mich in merkwürdiger Verfassung. Zu viel war in den letzten Jahren an Schönem und Erlebnisreichem vorhanden gewesen, als daß ich den Abschied von Europa leicht genommen hätte.

Ich wußte, daß die Auswanderung keine »Badereise« sein würde, sondern ein Neubeginn, und dazu fühlte ich mich etwas zu alt. Ich konnte noch hoffen, aber ich glaubte nicht mehr ganz an die Verwirklichung meiner Hoffnungen. Das war überhaupt das Merkwürdige in der Emigration. Man hatte jede Möglichkeit, seine Zukunft zu gestalten und über sie nachzudenken, und doch war man mehr mit der Vergangenheit belastet, als man wußte. Diese Vergangenheit war ein Gepäck, aber es enthielt vielleicht das Wertvollste, was ich hatte. Und drüben mußte ich auspacken, und es schien mir oft, als ob ich mit meinen eigenen Werten handeln müßte. Es galt zu beweisen, daß alle diese Dinge, die ein Teil des Lebens gewesen waren, auch einen Wert besessen hatten. Ich hatte ein wenig Angst vor der Erfolglosigkeit meiner Auswanderung, und doch blieb mir nichts anderes übrig.

Deutschland lag hinter mir, verflucht und verfemt, in dem nur der Tod eine Hoffnung war und das Am-Leben-Bleiben ein Fluch.

Bevor ich die Schweiz verließ, hatte ich das große Erlebnis, den Dirigenten Bruno Walter zu hören, der die 2. Symphonie von Gustav Mahler aufführte. Als ich die Ankündigung las, war ich schon entschlossen hinzugehen; denn es erschien mir als eine gute Gelegenheit, von Europa Abschied zu nehmen und von jenem Deutschland, das einst in Europa gelegen war.

Der Abend kam, an dem ich im Rang der Zürcher Tonhalle saß und das Stimmen des Orchesters zu mir herüberklang. Wie liebte ich dieses brodelnde Geräusch, diese tönende Geburt des Orchesterklanges, wie liebte ich das alles! Nun, ich würde es auch drüben hören, ich würde auch drüben in Amerika Konzerte genießen wie hier. Doch ich wußte, daß ich an diesem Abend zum letztenmal deutsche Musik in Europa hören würde.

Nun erschien Bruno Walter. Er war etwas gebeugt und gealtert, es erschien mir, als ob er in seiner Haltung ausdrücken wollte, daß er sich auch im Exil fühlte. Gewiß, er war immer durch die Welt gereist, hatte in ganz Europa seine große Kunst gezeigt, aber er konnte immer wieder zurückkehren in seine Heimat.

Dieses Mal gehörte er zu den Ausgestoßenen.

Die Melodien dieses Abends spielten und dröhnten in mir bis zu der Stunde, in der ich von Europa Abschied nehmen mußte.

Als der Dampfer »Washington« den Hafen von Le Havre verließ, da spürte ich eigentlich zum erstenmal eine neugierige Freude. Die Menschen auf dem Schiff, das Schiff selbst, alles war amerikanisch, das Essen war es und die Cocktail-Bar war es auch. Mein Abschied von Europa geschah sehr komfortabel, denn ich fuhr Erster Klasse. Der Schiffs-Steward bediente mich so, wie ich das selten gewohnt war. Er legte jeden Abend zum Dinner den Smoking auf das Bett und die Lackschuhe davor und war mir in jeder Weise behilflich, die Äußerlichkeiten meiner Existenz als Passagier zu erleichtern.

Ich fühlte mich in diesen sieben Tagen zwischen Europa und Amerika wohl und zufrieden. Nichts konnte den gleichmäßigen Ablauf meines Tages stören, und selbst der einsetzende Sturm machte mir nichts als Spaß, da ich seefest war.

Es war gleichsam eine Atempause auf dem schweren Weg der Emigration, den ich zu Ende gehen mußte, bis das neue Land mich aufnehmen würde.

Sechzehnter Brief

Mein lieber Sohn, für Dich ist es vielleicht unverständlich, wenn ich Dir von dem ersten Eindruck erzähle, den New York auf mich machte. Denn Du kamst in diese Stadt, als Du vier Jahre alt warst. Aber ich, der ich nun im Begriffe stehe, Europa wiederzusehen, habe gerade jetzt die stärkste Erinnerung an jenen ersten Tag in New York. Die fiebernde Erregung, mit der ich das Schiff verließ, um den Pier in New York zu betreten, hielt während der ersten Tage an. Ich erinnere mich, daß ich immer in Versuchung war, das Ganze für einen Traum zu halten; die Wolkenkratzer, die engen Straßen, die voller Menschen waren, alle sommerlich bunt gekleidet, diesen ganzen Akzent von bejahendem Leben, das mich ansprang und nicht losließ.

Vom ersten Augenblick an spürte ich, daß ich nicht nur ein neues Land, sondern auch einen neuen Erdteil betreten hatte. Selbst die Freunde, die mir von Europa her nahestanden, waren anders, als ich sie in Erinnerung hatte. Ich empfand sie als das, was ich damals für »amerikanisch« hielt.

Damals, an jenem Maitage, als ich zum erstenmal die Fifth Avenue hinunterschritt, da fühlte ich mich zwar sehr winzig und unbedeutend, aber doch schon recht dazugehörig. Und dies ist das Geheimnis, das ich in Amerika entdeckte: man vergißt ganz leicht alle Erinnerungen an Europa, besonders in New York, weil hier ein gleichsam wiedergeborenes Europa vorhanden ist.

Alle diese Menschen, die sich Amerikaner nannten, waren der Abstammung nach Italiener, Franzosen, Engländer oder Russen. Sie hatten ihre nationalen Eigentümlichkeiten behalten, sie aber auf eine ganz neue Weise gestaltet, so daß man geneigt war, ihr ganzes Wesen für »echt amerikanisch« zu halten. Und das lernte ich sehr bald: hier gab es wirklich eine Nation, zusammengesetzt aus vielen Völkern, die sich nicht gegenseitig bekriegten, sondern den gemeinsamen Staat trugen und hochhielten. Das war das beglückendste Erlebnis in Amerika. Später erkannte ich, wie schwer es war, sich in Amerika zu assimilieren; denn es gab da keinen »Normal-Amerikaner«, an den man sich anpassen konnte.

Für einen Ausgewanderten aus dem Europa des Jahres 1934 war es besonders schwer, seine nationale Eigenart, die ererbte nationale Vergangenheit, auf einen Amerikanismus einzustellen, weil man als Deutscher und Jude im wirklichen Sinne entwurzelt war. Das »Deutschland« war für mich immer ein unbekannter Begriff gewesen, ich liebte die heimatliche Sprache und Kultur, aber nicht die deutsche staatliche Ordnung.

Ich fühlte mich in Europa zu Hause und nicht nur in Deutschland. Jetzt aber war das Europäertum ein weiter Begriff geworden.

Ich möchte nicht jetzt schon auf dieses Problem eingehen, mit dem ich später schwer zu kämpfen hatte. Ich möchte Dir heute nur erzählen, wie ich an dem ersten Abend in New York mit meinen Freunden in die Metropolitan-Oper ging. Dort gab es den »Rosenkavalier« von Richard Strauß. Es war ein seltsames Gefühl für mich, als ich plötzlich diese Oper auf Deutsch hörte. Die wundervollen Worte von Hugo von Hofmannsthal zusammen mit der betörenden Musik von Strauß waren für mich so etwas wie eine Heimkehr ins beste Deutschland. Man muß nicht sentimental sein, um angesichts dieser klingenden und duftigen Liebesdinge in Entzücken zu geraten. Die Marschallin der Lotte Lehmann, der Ochs von Lerchenau des Emanuel List waren für mich wiedererstandene Gestalten aus vergangenen Jahren. Am Dirigentenpult stand der Vetter meines Vaters, Arthur Bodanzky, der seit vielen Jahren der musikalische Leiter der deutschen Oper an der Metropolitan war.

So war ich an diesem ersten Abend eigentlich wieder in meine geliebte Sprach- und Kunstwelt zurückgekehrt. Es war ganz anders als in der Schweiz, wo nur eine politische Grenze die deutschsprechenden Nationen trennte. Ich wagte nicht, es laut zu sagen; denn meine Freunde liebten es nicht, an ihre deutsche Vergangenheit erinnert zu werden.

Ich wohnte damals in einem Hotel in der 45. Straße im

12. Stockwerk, hatte ein kleines Zimmer, aber mit Telefon, Bad und Radio. Diese äußeren Zeichen amerikanischer Zivilisation erfreuten mich außerordentlich, zumal ich aus dem Radio die schönste klassische europäische Musik hörte, und als ich begann, die Sprache zu verstehen, begriff ich auch die Klugheit mancher Kommentatoren. Die Neugierde ist eine der Eigenschaften, die von den Menschen selten zugegeben wird. Ich habe herausgefunden, daß mein Leben von dieser Eigenschaft beherrscht wird. Es ist der Ausdruck einer Lebensgier, die mich befähigt, auch das Schwerste zu ertragen. Die Neugierde war es, die mich alles überstehen ließ, und als ich sie nicht mehr produktiv gestalten konnte, geriet ich auf Abwege.

Doch ich will jetzt nicht davon sprechen, da die äußeren Umstände des ersten Jahres in Amerika von zu entscheidender Wichtigkeit waren. Ich genoß alle Schönheiten, die mir New York bot, in reichem Maße. Ich lebte ein etwas sorgloses Leben, und oft befragte ich mich mit etwas ängstlicher Spannung: Wie wird das enden? Ich hatte den Kopf voll schriftstellerischer Pläne, die sich aber jetzt als viel zu »europäisch« herausstellten. Ich versuchte mit Hilfe meines Freundes William Dieterle, der in Hollywood als erfolgreicher Filmregisseur tätig war, in das Gebiet des Filmmanuskriptes einzudringen. Ohne Erfolg. Durch einen Zufall lernte ich den Herausgeber der sozialdemokratischen »Neuen Volkszeitung«, Gerhart Seger, kennen, der mich sofort als Film- und Theaterkritiker an sein Blatt engagierte.

Es war für mich eine große Genugtuung, wieder journalistisch in deutscher Sprache tätig zu sein. Ich besuchte alle Film- und Theaterpremieren, schrieb darüber unbekümmerte Artikel und fühlte so etwas, wie eine Aufgabe zu haben. Freilich, als ich das Lesepublikum der »Neuen Volkszeitung« kennenlernte, da sah ich mein Bestreben, möglichst abgefeilte deutsche Sätze zu konstruieren, fehl am Platz.

Diese Zeitung, die seit dem Jahre 1878 in New York existierte, hatte eine Leserschaft, die auf keinerlei literarisches Niveau Gewicht legte. Es war amüsant, zu hören, daß meine Vorgängerin an diesem Blatte ihre letzten Lebensjahre gelähmt im Bette zubringen mußte und alle ihre Kritiken aus den amerikanischen Zeitungen abschrieb. Das Publikum war es auch zufrieden; einer der älteren Redakteure meinte: »Was? Sie gehen selbst in die Kinos? Das ist doch weiß Gott nicht nötig!«

Ich erwähne diesen tragikomischen Zwischenfall nur, um zu zeigen, wie wenig Aussichten eine literarische Arbeit in der deutschen Presse Amerikas hatte. Diese Leutchen waren dreißig bis fünfzig Jahre in Amerika ansässig und standen geistig mehr unter dem Einfluß von Rudolf Presber als von Thomas Mann.

Gerhart Seger selbst war ein tapferer Antinazi, der aus dem Konzentrationslager Oranienburg im Jahre 1934 geflohen war und mit seinen Enthüllungen über die Greuel in den Konzentrationslagern in dem Buch »Oranienburg« großes Aufsehen erregte. Heute sind diese Verbrechen der Nazis allgemein bekannt, aber damals wurden sie von den meisten als Greuelberichte oder Lügenmärchen abgetan. Ich möchte noch erwähnen, daß Frau Seger und Tochter von den Nazis ins Konzentrationslager gesteckt wurden, bis die junge Frau und das drei Monate alte Kind von englischen Parlamentsabgeordneten im Flugzeug nach London gebracht wurden. Ich bin stolz darauf, daß Gerhart Seger mein Freund ist.

Das Zusammenarbeiten mit dem sozialdemokratischen Blatte brachte mir keine innere Befriedigung, zumal die materiellen Einkünfte mehr als bescheiden waren. Ich begann einen Roman zu schreiben, der den Titel trägt »Gestern und morgen«, und das Erlebnis eines jungen Emigranten in New York zu schildern versuchte. Ich fand keinen amerikanischen Verleger für dieses Buch, das in Fortsetzungen in der »Neuen Volkszeitung« erschien. Ich schrieb Kurzgeschichten, bezahlte gute und mäßige Übersetzer, ich sprach im Radio über die Station WEVD und schrieb für dieselbe Station Antinazi-Hörspiele, die auch nach Europa gesendet wurden.

Dies alles aber war zu wenig, um davon leben zu können.

Damals waren nur wenig Emigranten nach den Vereinigten Staaten ausgewandert. Zwar bildete sich eine Vereinigung deutscher Schriftsteller, die dem früheren SDS (Schutzverband deutscher Schriftsteller) nachgebildet war. Aber es war nicht möglich, für den Vorstand genügend Berufsschriftsteller zusammenzubringen. Ein Arzt übernahm den Vorsitz dieses Verbandes, der späterhin bis zu einer Mitgliedschaft von 150 Mitgliedern anwachsen sollte. Ich besuchte regelmäßig die Versammlungen, aber außer einer radikalen Antinazieinstellung war wenig Positives dort zu finden. Es war eigentlich genau so unbefriedigend, in den Schriftstellerverband zu gehen wie in den Emigrantenverein, der sich Deutsch-jüdischer Klub nannte und späterhin als »New-World-Club« bekannt wurde.

Ich hielt dort einen Vortrag über »Heine und die Emigration«, der viel Beifall fand, aber mich selbst sehr unbefriedigt ließ. Ich erinnere mich, daß ich, während ich aus meinem Manuskript vorlas, plötzlich empfand, wie hoffnungslos und rückwärtsgewandt die deutsch-jüdische Emigration war. Man zehrte von Erinnerungen und die Zukunft hieß in einem Wort: »Amerika«, worunter sich aber jeder einzelne etwas anderes vorstellte. Die einen meinten Wiederherstellung der einstigen Position, die anderen sahen in einer Assimilierung an die amerikanische Weltauffassung das Heil.

Was mich tief erschütterte, war, daß bei allen Emigranten ein einziges Gefühl vorherrschte: das Gefühl der Furcht und der Flucht. Furcht vor dem Gestern, dem man entronnen war, Flucht in ein Morgen, von dem man nur ahnen konnte. Es fehlte das Heute.

Soll ich Dir, mein lieber Sohn, von den Schönheiten und Häßlichkeiten dieser großen Stadt New York erzählen? Du kennst sie ja, aber Du weißt nicht, wie es in einem zweiundvierzigjährigen Europäer zumute war, der in einer Fremde umherirrte, die ihm zur Heimat werden sollte.

Es gab keine Stunde meines Lebens, in der ich nicht von dieser großen Stadt New York und dem Lande Amerika, seinen Menschen und Einrichtungen, von dieser leichten und unbeschwerten Lebensweise, die weder von einem Gestern bedrückt, noch von einem Morgen geängstigt wurde, fasziniert war. Wir fühlten uns diesem Lebenswillen jämmerlich unterlegen, da half kein noch so angestrengtes Bemühen, »amerikanisch« zu werden, man blieb, der man war. Ein wenig belächelt und manchmal ein bißchen bewundert, denn man wirkte in seiner Bemühung, sich anzupassen, sicherlich ein wenig komisch.

Niemals werde ich die Dankbarkeit vergessen, die mich im reifen Alter einer uneuropäischen Lebensweise näherbrachte. Trotz der vielen Unzulänglichkeiten, die ich zeitweise erlebte, machte ich die Bekanntschaft mit einer Volksart, die jung war und nicht so leicht unterzukriegen. Selbst die Juden in Amerika, die doch dasselbe Alter hatten wie die europäischen Juden, waren so völlig anders geartet als ihre europäischen Glaubensbrüder, daß man sehr schwer an eine rassische Gleichheit glauben konnte.

Der deutsch-jüdische Emigrant hatte mehr deutsche Eigenschaften in sich, als er wahrhaben wollte, und der amerikanische Jude, der meist von Ostjuden abstammte, war viel jüdischer in Sprache und Aussehen als der deutsche Jude. Da hilft keine Sentimentalität, man muß den Tatsachen ins Auge blicken: der amerikanische Jude, soweit er nicht völlig amerikanisiert ist, spricht Jiddisch, er versteht es nur schwer, daß der aus Deutschland geflohene Jude als seine Muttersprache die deutsche bezeichnet und von der jiddischen Sprache auch nichts versteht. Niemals habe ich es besser begriffen als in der Emigration: der Jude ist seiner Umwelt angepaßt, er ist deutsch, französisch oder englisch. Er ist eigentlich nur bekenntnismäßig jüdisch. Da aber die jüdische Religiosität in den europäischen Ländern bis auf einen geringen Prozentsatz geschwunden war, so mußte der deutsch-jüdische Emigrant, um überhaupt irgend etwas von seinem Judentum zu begreifen, National- oder Rasse-Jude werden. Ich begriff damals, was ich heute weiß: die Juden flüchteten aus Europa nicht, um Gott zu finden. Sie kamen nach Amerika und bemühten sich, auf schnellstem Wege sich zu amerikanisieren, nicht, um sich als jüdische Nation zusammenzuschließen. Sie waren außerhalb der amerikanisch-jiddischen Gemeinschaft, es war sprachlich wie glaubensmäßig bedingt. Sie konnten nicht in die amerikanische Gesellschaft eindringen, weil diese den Juden gegenüber ablehnender war, als das je in Europa der Fall gewesen ist. Es gab gewiß keinen antijüdischen Staat, aber die Trennung zwischen Juden und Nichtjuden war gesellschaftlich unüberbrückbar.

Das politische Leben Amerikas war sehr verschieden von dem, was man in Europa darunter verstand. Es ist für einen Europäer schwer zu begreifen, daß ein Republikaner, der gegen Roosevelt war, seine guten demokratischen Gründe dafür hatte. Es ist nicht so, daß die Demokraten links und die Republikaner rechts stehen, die beiden Parteien wechseln eben in der Regierung ab. Und wenn nach zwölfjähriger Amtsdauer eines einzigen Präsidenten, wie es unter Roosevelt geschah, die Opposition gegen diesen Präsidenten oft zu sehr scharfen Worten greift, dann muß man verstehen, daß selbst die Opponenten des großen Demokraten Roosevelt Demokraten sind. Selbst die Diktaturmöglichkeit, die in einer allzulangen Präsidentschaft liegt, wird von amerikanischen Menschen leicht als eine Gefahr für die Verfassung angesehen.

Selbstverständlich stand die Mehrzahl der Europäer hinter dem Präsidenten Roosevelt. Aber sie erlebten das merkwürdige Schauspiel, daß dieser viermal gewählte Präsident 90% der Presse gegen sich hatte, während beinahe 60% der Amerikaner ihm Gefolgschaft leisteten.

Die Größe Franklin Roosevelts wird in der Geschichte Amerikas erst später voll gewürdigt werden, aber es war ein Schauspiel seltener Art, zu sehen, wie man in Roosevelt zugleich den großen Staatsmann verehrte, oft aber seine Wiederwahl bekämpfte, weil es »gegen die Verfassung« sei.

In den Jahren bis zum Kriege 1941 gab es in Amerika eine überraschende Fülle von geistigen und künstlerischen

Darbietungen. Der als »Geldmensch« bekannte Amerikaner zeigte, daß sein Verständnis für die wahren Werte des Daseins vorhanden war. Zwar darf man nicht vergessen, daß es sich in Amerika wirklich um Anfänge einer künstlerischen Bewegung handelt. Die Kunsttradition war von Europa übernommen worden. Es gibt sie nicht in Amerika. Man begann in diesen Jahren in einigen Theatern Experimente künstlerischer Art anzustellen, die einen Vergleich mit Europa wohl aushielten. In diesen Theatern, die einzigen, die vom Staat erhalten wurden, war wirklich die Stätte für unbürgerliche junge Kunst. Fotomontagen, Kinobilder und projizierte Dekorationen bildeten zusammen ein wirkliches Bühnenkunstwerk. Stücke wie »One Third of a Nation« oder die Einakter von Eugene O'Neill oder Negerstücke mit farbigen Schauspielern im »Lafayette-Theater« boten wirklich künstlerisch Hervorragendes. Diese Theater waren Teile des Arbeitslosen-Programms, des sogenannten WPA-Programms, das leider im Jahre 1938 (infolge mangelnder Unterstützung seitens des Kongresses) einging. Ich empfand diese Abende in den WPA-Theatern als eine Bestätigung dafür, daß Amerika wirklich auf dem Wege war, das Beste von Europa in künstlerischer Hinsicht zu nehmen und zu steigern. Man muß bedenken, daß wir alle von jenem europäischen Hochmut beseelt waren, der dahin ging, zu glauben, daß künstlerischer Fortschritt mit dem Begriff »Europa« untrennbar war. Zusammen mit den Konzerten der New Yorker Philharmoniker oder der besten Streichquartette trugen diese Theater dazu bei, das europäische Vorurteil zu beseitigen. Ich begriff damals, und begreife es auch heute, daß Amerika in müheloser Weise Europa übertrumpfen wird, daß alles Geschwätz von der »Seichtheit« der Amerikaner nichts weiter als Hochmut und Dummheit ist. Als ich als Filmkritiker begriff, daß es amerikanische Filme gab voll seelischer Tiefe und technischer Vollkommenheit, daß da eine Filmschauspielerin lebte, die Bette Davies hieß, da war es für mich klar, daß es nur darauf ankam, das Schöne und Wahre sehen zu wollen.

In den Filmen des Charlie Chaplin hatte Amerika zu einer Zeit, als der »Erfolgreiche« angebetet wurde, im tapsigen Schlemihl Chaplin eine Figur geschaffen, die von der ganzen Welt angebetet wurde. In diesen Filmen wurde die Erfolglosigkeit zum Anlaß einer Satire voll Scherz, Ironie und tiefster Bedeutung. Dies alles war Amerika und noch viel mehr. Es war der neue Kontinent, der den Einwanderern die einzigartige Möglichkeit bot, sich zu sich selbst zu entwickeln. Dieser Engländer Charlie Chaplin, dieser geniale und schrullige Schauspieler, wäre in Europa vielleicht eine Lokal-Berühmtheit geworden. Hier aber, in Amerika, wurde er weltberühmt. Woran liegt das?

In der ungeheuren Aufsaugefähigkeit dieses einzigen Landes. Es umarmt den Einwanderer mit fast tödlicher Inbrunst, es kann ihn zerbrechen, aber wer stark genug ist, wird noch stärker aus der Umarmung hervorgehen. Dies alles wurde mir klar: alle Halbheit, alles Mitleid mit sich selbst, alle Tradition sind hier ohne Zukunft und werden vernichtet.

Der Europäer Chaplin verwandelte hier sein bestes Europäertum in etwas, das mehr war als jede nationale Eigentümlichkeit. Amerika verstand ihn und somit die Welt. Dieser einfache Satz ist jedem klar, der die Atmosphäre dieses herrlichen und erbarmungslosen Landes begriffen hat.

Und wo standen wir, die wir enttäuscht von Europa und voll von Hoffnungen in die Neue Welt kamen? Jetzt galt es, sich zu beweisen, nachdem alle Traditionen und die Vorteile eines vergangenen Ruhms nicht mehr gewertet wurden. Jetzt galt es, sich zu beweisen. Es begann die schwerste Zeit meines Lebens, und da ich sie überstanden habe, glaube ich, daß es die schönste war.

Ungeachtet aller Erniedrigungen und Enttäuschungen konnte ich doch das Unzerstörbare feststellen, das in mir noch vorhanden war.

Und darauf kommt es eigentlich im Leben an: losgelöst von allen Traditionen mit sich selbst ein neues Leben zu beginnen. Ich sagte es schon einmal, als ich von Deutschland in der Schweiz ankam: »emigration oblige«, aber die Auswanderung schuf die Menschen nicht um, sie verwandelte höchstens die Lebensverhältnisse, nicht das Innere. Es war im Grunde ein Wettrennen nach dem Ziel, das weit in der Ferne lag. Das »Erreichthaben« bedeutete für die meisten nichts weiter als gute Positionen und üppiges Leben.

Ich betrachtete den Kampf gegen den Faschismus für weitaus wichtiger als die Erreichung der persönlichen Bequemlichkeit. Ich befand mich mit dieser Ansicht in der besten Gesellschaft, leider mußte ich bemerken, daß das deutsche Übel der Parteizerrissenheit in der Emigration weitergedieh.

Damals sah ich mit Staunen den Unterschied zwischen amerikanischer und deutscher Denkweise. Während der Amerikaner der angelsächsischen Tradtion gemäß die Ansicht des anderen gelten ließ, betrachtete der Deutsche den Angehörigen einer fremden Partei als Widersacher.

In diesen Jahren horchte ich oft in mich hinein, um meine eigenen Wünsche und Sehnsüchte zu erfahren. Ich hörte nichts, ich war verstrickt in der Vergangenheit und sehr ungeduldig, eine Zukunft zu erobern. Die unbekannte Größe hieß: Heute. Es ist müßig, das Auf und Ab meiner äußeren Existenz wiederzugeben.

Man muß manchmal den Mut zum Kitsch haben und es in der abgebrauchten Formel sagen: damals suchte ich mich selbst.

Einer der wenigen Emigranten, die sich stets ihres Weges bewußt waren, der ohne jede Parteilichkeit über die Dinge urteilte, dessen mächtige und wichtige Stimme nun auch in Amerika zu hören war, von allen geehrt und von uns Emigranten geliebt, war Thomas Mann.

Dieser deutsche Dichter war nach USA gekommen und wir begriffen seine Erscheinung unter uns als ein tröstliches Zeichen. Sein Buch »Vom kommenden Sieg der Demokratie« war soeben erschienen und machte manchen Zweifler irre; denn Thomas Mann führte in diesem Buche aus, daß die Demokratie die Form der menschlichen Zukunft sei. Ich kannte den Dichter nur aus Briefen, die ich mit ihm gewechselt hatte, doch eines Tages begegnete ich ihm selbst.

Es war am Pier in New York, als er gerade aus Europa angekommen war. Seine Erscheinung war die eines Regierungsbeamten oder eines klugen Hochschullehrers. Doch in seiner Stimme war jene Ironie, die wir alle in seinen Büchern so lieben.

Ich hörte Thomas Mann am selben Abend im »Hunters College« über die Entstehung des »Josefs-Romans« sprechen und ich erlebte das seltsame Schauspiel, wie dieser Meister der deutschen Sprache einen Vortrag auf Englisch hielt, das in der Stilistik gleichsam ein Thomas Mannsches Englisch genannt werden konnte. Die Intensität seiner Gedanken, die Farbigkeit seiner Bilder war so groß, daß die Sprache sich ganz den Gesetzen dessen unterwarf, der sie vortrug. Wenn er die Brille abnahm und mit der einen Hand in das Publikum dozierte, so wuchs die etwas lehrerhafte Geste zu dem, was ich das Kennzeichen eines »Praeceptor mundi« nennen möchte.

Achtzehnter Brief

Thomas Mann ist für uns alle nicht nur der Dichter unvergänglicher Romane, er ist Trost und Ansporn zugleich. Da es ihn gibt: mit der beispielhaften Verantwortung und der vorbildlichen Treue der deutschen Sprache gegenüber, ist er für uns eine Gestalt geworden, an der wir uns aufrichten können. Der sittliche Gehalt seiner Erscheinung steigert die Bedeutung seines Dichtertums ins Große.

Aber nicht jedem war es vergönnt, mit seiner Arbeit Geld zu verdienen. Nicht jeder konnte in der Atmosphäre seiner Kunst und Sprache bleiben; man nannte das »sich umstellen«. Der Irrtum, in dem ich mich befand, war, zu glauben, daß man eine schriftstellerische Arbeit übersetzen könne. Man kann es kaum. Man kann nicht die für Deutschland oder Europa typischen Dinge in eine andere Sprachwelt versetzen.

Damals begriff ich diese Unmöglichkeit, als manche von meinen Arbeiten übersetzt wurden. Sprache ist mehr als Lautbildung. Sie ist der Ausdruck der Summe aller Erfahrungen, die man selbst oder auch seine Vorfahren gehabt haben. Die Musik der Sprache ist nicht zu übertragen. Die Farbigkeit des gesprochenen Wortes verwandelt sich in der Übersetzung zu einer dünnen Schwarzweißtechnik. Der deutsche Religionsphilosoph Theodor Haecker sagt in seiner Studie über Kierkegaard: »Die echte Sprachschöpfung braucht die Nacht des Unbewußten, den Schoß der Muttersprache; sie wächst nicht in dem künstlichen Lichte und der angestrengten Bewußtheit einer noch so virtuos angelernten Sprache.«

So war die Situation der Dichter und Schriftsteller in deutscher Sprache. Unser Publikum war emigriert oder befand sich in den Konzentrationslagern. Erreichbar durch unser Wort war nur eine sehr schmale Auslese. Somit hatte die Funktion eines deutschen Dichters keine Erfüllung mehr.

Inzwischen war es notwendig geworden, einen bürgerlichen Unterhalt zu finden. Die Umstellung vom freien Schriftsteller zum nützlich-tätigen Menschen war schwer. Niemand wollte das Risiko auf sich nehmen, mich in irgendeinem kaufmännischen Betrieb zu haben. Und ich konnte nur zustimmen. Denn zu nichts eigne ich mich schlechter als zum Kaufmann. Ich fuhr durch die Nordstaaten Amerikas und lernte manchen schönen Fleck kennen.

So war es Block Island, wo ich zwei Sommer hintereinander ein kleines Holzhäuschen bewohnte.

Es ist eine Insel, zwei Stunden Dampferfahrt von der Küste, mitten im Atlantik. Sie erinnert, wenn man überhaupt europäische Vergleiche heranziehen darf, an Hiddensee, nur daß Block Island nicht von namhaften Künstlern überlaufen war, sondern daß die Bürger von Providence und Boston dorthin gingen. Wundervolle Jachten waren im Hafen der kleinen Insel, Motorboote landeten dort, Fischer fuhren aus und ein, kurzum, es war ein bewegtes Bild, wenn man dort am Abend spazieren ging. Tagsüber tat man das, was in allen Seebädern der Welt gebräulich ist, man badete. Nie werde ich die Billigkeit und den Geschmack der Hummer vergessen, die ich täglich dort verzehrte, und als ich mit Fischern aufs hohe Meer fuhr, wo der Schwertfisch mit Harpunen geschossen wurde, da fühlte ich mich sehr entrückt von Zeit und Raum.

Die Ereignisse der Welt kamen in dem kleinen Radio, das ich besaß, gespenstisch nahe. Nach der wohltuenden, gütigen Stimme des Präsidenten Roosevelt kam auch das brüllende Organ des Nazihäuptlings Hitler über alle Ozeane zu uns. Dies war wahrhaft schauerlich, denn es gab kein Entrinnen mehr vor den Weltereignissen. Inzwischen aber versuchte ich, ein Buch und Aufsätze zu schreiben, aber es blieb nur ein Anfang. Die Wichtigkeit der Themen war fragwürdig geworden und ich war selbst noch nicht mutig genug, über Amerika irgend etwas zu schreiben. Denn je länger ich dort weilte, um so klarer wurde mir: es gehört sehr viel dazu, die Atmosphäre des Landes und der Sprache zu gestalten. Selbst die Städte, die man kennt, sind nur mit Augen des fremden Beschauers gesehen.

Ich war so an Europa gebunden und hatte dadurch wenig Glück, irgendwelche materiellen Erfolge zu erzielen. Die Frage: Wozu sind wir eigentlich ausgewandert? wurde immer mehr zu der sorgenden Beunruhigung: Was wird eigentlich aus uns werden? Denn wir waren einst Opfer gewesen und wurden nun zu Zuschauern. Die Passivität unserer Existenz wurde mir schreckhaft klar. Die wöchentlichen Aufsätze, die ich unter dem Titel »Es geht uns an« in der »Volkszeitung« veröffentlichte, waren für mich in gewisser Hinsicht eine seelische Entlastung. Ich redete mir ein, kämpferisch tätig zu sein, aber im Grunde machte ich nur Glossen zur Welttragik.

Damals war in Spanien der Bürgerkrieg dem Ende nahe, viele Menschen verließen damals Amerika, um auf seiten der Loyalisten zu kämpfen. Wir alle nahmen großen Anteil an diesem Kriege, der eigentlich der erste Akt zum späteren Weltkrieg wurde. Dieser spanische Bürgerkrieg beschäftigte alle, die wie wir an der europäischen Politik interessiert waren. Aber nicht nur wir waren von dem Verteidigungskampf der spanischen Republik gepackt, auch die jungen Amerikaner waren alle sehr intensiv beteiligt. Die Magazine wie die »Nation« und »Republic« waren voll von Berichten und Meinungskämpfen über die spanische Frage.

Damals schrieb ich auch ein Theaterstück mit dem Titel »Wir alle stehen zusammen«, das in New York im »Yorkville-Casino« aufgeführt wurde. Es waren Dilettanten aus Arbeiterkreisen, sehr willige und begeisterte Menschen, die mein Stück verkörperten. Es war sehr erhebend, als der Abend der Aufführung herankam und der Saal mit Menschen gefüllt war, die alle an der Sache der Demokratie interessiert waren.

Die Einigkeit, die wir in New York in unseren Bemühungen um das freiheitliche Spanien erzielten, war der Erfolg, der uns alle befriedigte. Die Bemühungen einer durchgreifenden Spanienhilfe wurde trotz guten Willens unzulänglich. Man weiß, daß die spanische Republik später heroisch unterlag.

In der damaligen Zeit war ich in meiner Tätigkeit bei der sozialdemokratischen Volkszeitung sehr damit beschäftigt, wenigstens im künstlerischen Kreis die Zusammenarbeit der Kommunisten mit den Sozialdemokraten zu ermöglichen. Leider ist mir dies immer schwerer gefallen.

Ich gehörte zwar zum Redaktionsstab der Zeitung, aber die Welt dieser Zeitung war nicht ganz die meine. Das Wollen und die Ansicht jener unerschrockener Kämpfer gegen den Faschismus waren gut, und ich stimmte aus vollem Herzen zu. Aber irgend etwas blieb in mir unbefriedigt. Später sollte ich sehen, daß es etwas sehr Entscheidendes war, das mir damals fehlte.

Ich versuchte damals, diese Lücke durch eine gezwungene Rückkehr zur jüdischen Religiosität auszufüllen. Ich muß gestehen, daß ich mir rechtschaffen Mühe damit gab. Ich versuchte, mich in die Zeit meiner Kindheit zu versetzen, in der die jüdische Frömmigkeit zum Bestandteil meines täglichen Lebens gehörte. Ich versuchte, die Gottesdienste in den Synagogen zu besuchen, aber als ich am höchsten jüdischen Feiertag, dem Versöhnungsfest, beobachtete, wie draußen vor der Synagoge in der Fifth Avenue ein Panzerauto stand, das die Gelder frommer Spender sicher zur Bank fahren sollte, da spürte ich sehr wenig vom Geist meines Urgroßvaters Samson Raphael Hirsch. Gewiß, es gab viele Juden, die sich sehr glücklich und sicher in dem Kinderglauben ihrer Väter fühlten. Aber ich konnte in diesen Verboten und Gesetzen nichts Zwingendes und gar nichts Erlösendes erblikken.

Was war ich?

Ein heimatloser, entwurzelter Schriftsteller, der die deutsche Sprache als seine Ausdrucksform in sich fühlte, der bemüht war, in die englische Sprachwelt hineinzuwachsen, aber der keinerlei Verwirklichung seiner Wünsche sehen konnte. Die Freunde, die ich hatte, stammten fast alle aus Europa. Mit ihnen tauschte ich Erinnerungen aus, die sich mit der Vergangenheit beschäftigten und sehr wenig mit der Gegenwart. Es war ein wenig Trübsal und Langeweile in allem, was die Menschen in der Emigration zusammenführte.

Es gab wenige, mit denen ich mich innerlich verbunden fühlte. Es war mehr eine Verbindung aus früheren Tagen, die man zum Teil gemeinsam verbracht hatte. Menschen, mit denen man die Gegenwart lebte, waren so mit sich selbst beschäftigt, so eingezwängt in die täglichen Sorgen und das Bemühen um das Brot, daß eine innere Verbindung sehr schwer fiel. Mir erscheint es heute klar, daß die Menschen der Emigration sehr haushälterisch, ja zu geizig mit ihren seelischen Gütern sein müssen, als daß sie den anderen etwas abgeben könnten. Zu jeder echten Liebe aber gehört ein Überfluß der Gefühle, die Kärglichkeit ist ihr Tod.

Neunzehnter Brief

Gerettet zu sein, ist ein angenehmes Gefühl für den Schiffbrüchigen. Es ist ein Zustand des Wohlbehagens und der dankbaren Freude dem Schicksal gegenüber, das einen aus den Klauen des Unheils gerettet hat. Man kann aber diese Gefühle nicht konservieren. Leicht vergißt man alle Gefahren, der Alltag des gefahrlosen Daseins nimmt den Geretteten sehr schnell auf. Gestern noch bedroht und belauscht, gestern noch in fortwährender Gefahr, heute aber sicher. Dieser Zustand schafft oft eine gewisse Verwirrung, an die man sich sehr schwer gewöhnen kann. Wir lebten aber nur in einer scheinbaren Sorglosigkeit, denn die Ereignisse in Europa nahmen ihren Verlauf, und wenn sie uns auch nicht mehr persönlich berühren konnten, so war ihre Wirkung doch sehr spürbar. Unter den Emigranten spielte die Lösung der europäischen Wirren eine größere Rolle als unter den Amerikanern. Dann kamen jene Septembertage des Jahres 1938, und die staunende Welt sah, wie es einem Hitler möglich wurde, seinen Willen aufzuzwingen. Die Münchener Konferenz besiegelte das Schicksal nicht nur der Tschechei, sie nahm allen Hitlergegnern die Hoffnung, daß die gesittete Welt dem Hitlerregime einen ernsthaften Widerstand entgegensetzen würde.

Es war in diesen Tagen beinahe aussichtslos, Nichteuropäer davon zu überzeugen, daß der drohende Konflikt mit Hitler nur aufgeschoben und keineswegs beseitigt worden war. Damals begann der frühere Flieger Charles Lindbergh die Unbesiegbarkeit der deutschen Luftwaffe und die Hilflosigkeit der russischen Armeen zu verkünden. Er fand viel Beifall und Zustimmung. Besonders in den Kreisen jenes deutsch-amerikanischen Bundes, der nichts weiter war als eine Zweigvereinigung der Nazis in Amerika. Es war ein schreckenerregender Anblick für uns, die wir aus Europa gekommen waren, uniformierte Horden mit Sternenbanner und Hakenkreuz im »Madison Square Garden« versammelt zu sehen, und die uns so bekannten »Heilrufe« zu hören.

Aber der erfahrene Amerikaner lachte über unsere Befürchtungen und meinte: »So etwas ist bei uns nicht möglich, das ist eine militärische Spielerei.«

Die Unruhe, die die ganze Welt erfaßt hatte, erreichte im Jahre 1939 auch die Vereinigten Staaten. Präsident Roosevelt war der erste, der den Mut hatte, es auszusprechen. Er war es, der in schonungslosen Worten den Faschismus als Friedensstörer der Welt hinstellte.

Es war ein Zwischenstadium, in dem wir uns alle befanden. Wir, die Opfer des Faschismus, vertrieben und ausgebürgert, empfanden das vorläufige unserer Existenz schmerzhaft. Wir waren alle sehr bemüht, uns in die junge, kräftigere amerikanische Welt einzufühlen. Aber es gelang nur den Jungen. Die Menschen über 40 waren zu sehr verankert im Europäischen, als daß sie trotz ihrer Bereitwilligkeit ihre Vergangenheit hätten aufgeben können. Sie standen alle in einer gewissen Isoliertheit; denn sie waren erfahren genug, um die schrecklichen Folgen einer sogenannten »Befriedungspolitik« zu sehen, die von der übrigen Welt versucht wurde.

Unter den politischen Emigranten war die Stellung zu den europäischen Fragen klarer als in den Kreisen der ausgewanderten Juden, die größtenteils nur aus »rassischen« Gründen vertrieben waren. Ihre Stellung war weit schwieriger, da sie den verschiedensten politischen Richtungen angehörten. Das Jude-Sein war eigentlich etwas Negatives, sie waren eben als »Jude« gegen Hitler, während die politischen Flüchtlinge im grundsätzlichen Gegensatz zum Faschismus standen.

In dieser Zeit wurde ich als Bürger der Vereinigten Staaten eingeschworen. Es war ein feierlicher Augenblick, einige Hundert Menschen, Fremde wie ich, standen in dem Saal des Naturalisationsbüros, hoben die rechte Hand zum Schwur und sprachen die Eidesformel nach, die der Richter vorsagte.

Es gab wenig Menschen, die diesen Augenblick nicht in seiner ganzen Bedeutung begriffen hätten. Es war nicht nur die Tatsache, daß ein großes Land den Vertriebenen eine Heimstätte bot.

Es war mehr als das: es war die Aufnahme als freier demokratischer Bürger in einer großen Republik.

Die erste Forderung, die der Richter an die neuen Bürger Amerikas stellte, war die: zu wählen. Er sagte: »Es ist mir gleich, welche Partei Sie wählen, nur sind Sie verpflichtet, von Ihrem Wahlrecht Gebrauch zu machen. Ich erwarte dieses Interesse von Ihnen an Ihrem neuen Heimatlande; denn Sie wissen es selbst, warum in Europa so viele Domokratien zusammenbrachen. Es waren die Interessenlosigkeit und die Gleichgültigkeit daran schuld.«

Man hatte mit dieser feierlichen Handlung nicht nur die Freiheit auf sich genommen, sondern auch die Verantwortung. Und darauf kam es ja an: sich verantwortlich zu fühlen, selbst verantwortlich zu sein, und nicht durch irgendwelche Bequemlichkeitsgründe die Verantwortung dem Nachbarn zuzuschieben. Das war in Europa, in Deutschland in den letzten Jahren an der Tagesordnung gewesen, es hieß: »Es hat ja doch keinen Zweck.«

Das war es, das einem Hitler den Weg erleichterte, und wir neuen amerikanischen Bürger waren entschlossen, unsere Verantwortung niemals zu vergessen.

Zwanzigster Brief

Mein ganzes Leben lang stand mein *Ich* im Vordergrund, und daran litten ich und meine Umwelt. Aber wie man das ändern könnte, wußte ich nicht. Heute ahne ich es. Aber Du, mein Sohn, siehst mich vielleicht anders, vielleicht weißt Du mehr von mir als ich von mir selbst. Es ist oft so, daß der, der ganz nahesteht, weniger sieht als der Entfernte. Damals in den Jahren vor dem zweiten Weltkrieg war ich bemüht, das Äußere der Existenz günstiger zu gestalten; denn meine Verdienste waren sehr gering. Du weißt, mein Sohn, wie in Amerika die Dinge des Verdienens und Nichtverdienens von Wichtigkeit sind, sie sind es überall in der Welt, aber nirgendwo hat der Nichtverdienende dieses Gefühl der moralischen Schuld wie hier in USA.

Du warst damals noch klein, aber hast sicher mehr gemerkt von diesen schweren Konflikten, als ich damals ahnte. Ich holte Dich damals öfter von der Schule ab und bemühte mich, Deine fröhliche Schuljungenstimmung nicht zu zerreißen. Ob es mir gelungen ist, weiß ich nicht. Du warst damals sehr versponnen in Dein tägliches Leben, in all die kleinen Sorgen, die so wichtig sind und wichtig genommen werden mußten. Ich erinnere mich, daß im Mittelpunkt Deines

Lebens damals Deine Mutter stand; ich weiß es, ohne eifersüchtig zu sein; denn mein Leben war irgendwie undurchsichtig und ein wenig nebelhaft. Wie konntest Du es sehen!

Deine Mutter allein hat das Verdienst, daß Du so gesund und richtig herangewachsen bist; ich war zu beschäftigt mit der unlösbaren Frage unserer Existenz.

Die Einsamkeit meiner erfolglosen Existenz war für mich ein unerwartetes Erlebnis. Die Schwere des Vertriebenseins kann nur der ermessen, der weiß, was es heißt: in der Fremde zu leben. Damals versuchte ich, durch Sprechen im Radio, durch Halten von Vorträgen über Theater und Film meine materielle Existenz zu befestigen. Damals erlitt ich die Grausamkeit des Im-Vorzimmer-warten-Müssens. Ich empfand die Höflichkeit der Ablehnung messerscharf. Ja, manchmal sehnte ich mich nach einem groben »Nein« an Stelle eines höflichen »Vielleicht«. Doch ich mußte begreifen, daß meine Existenz als künstlerisch empfindsamer Mensch, als deutschsprachiger Schriftsteller keinerlei materiellen Erfolge bringen konnte.

So war ich für Dich, mein Sohn, ein Mensch ohne »Job«. Ich weiß, daß Du damals oft fragtest: »Hast Du die Stellung bekommen?«

Der große Dichter Franz Werfel sagt einmal in einem Gedicht: »Lüge deckt uns warm zu.« Die Lüge war damals für mich die bewußte Waffe, um einige sorglose Stunden zu retten. Ich mußte damals an einem sehr tiefen Punkt meines Lebens angelangt sein, daß ich ganz bewußt zum Lügner wurde. Ich wußte mir eben keinen anderen Rat. Ich bauschte die Erfolgsmöglichkeiten für mich auf, so daß ich oft selbst an sie glaubte.

Um diese Zeit geschah es, daß ich einen Freund wieder traf, der mit mir in der Schweiz zusammen gelebt hatte. Er stammte aus Bayern und war dem Dritten Reich entronnen, weil er es mit seiner religiösen Einstellung nicht vereinbaren konnte, unter einer Diktatur zu leben. Er stammte aus einer alten deutschen Offiziersfamilie. Sein Vater war preußischer General gewesen, sein Bruder diente irgendwo in der deutschen Armee. Er war von Beruf Musiker, hatte sich aber mehr schriftstellerisch als tonschöpferisch betätigt. Ich kannte ihn schon in Deutschland viele Jahre lang, aber in der Schweiz, in Zürich, lernten wir uns eigentlich näher kennen. Als er nach Amerika kam, hatte er bei sich die Manuskripte einiger Bücher, die sich mit der Kirchengeschichte und alten Heiligen befaßten. Sein Bekenntnis zum Katholizismus war nicht nur das Ergebnis einer langjährigen Tradition gewesen, sondern er hatte, wie er mir erzählte, seinen Glauben wirklich erlebt.

Ich saß damals mit ihm in seiner Wohnung in einem kleinen Hotel in der Fiftht Avenue an der 8. Straße, als er mit mir über meine Stellung zur Religion zu sprechen begann. Trotz aller Erfahrung, die ich damals gemacht hatte, trotz mancher Erniedrigung und Enttäuschung war ich in einem Punkte aufrecht und sicher: ich glaubte nicht an die Existenz Gottes. Es war nicht so, daß ich es einfach mit »Marxismus« bezeichnen konnte, was meinen Unglauben verursachte, es war meine feste Überzeugung, daß Gott nur eine Konstruktion sei, die von einigen Menschen ausgedacht war, um die unerklärlichen Dinge nicht erklären zu müssen.

Ich sagte meinem Freunde: Wenn es einen Gott geben würde, wenn er wirklich das Gute und Wahre auf Erden fördern würde, dann würde nicht das Böse mächtig sein und herrschen.«

Die Antwort war: »Das Böse dürfte für Dich gar nicht existieren, da Du weder Gut noch Böse anerkennst. Das Böse triumphiert gar nicht. Es ist nur mächtig, weil die Guten zu schwach sind.«

Die Diskussion über Gott währte viele Stunden. Ich war damals ein unnachgiebiger Atheist, und nichts konnte mir meinen Unglauben nehmen. Mein Freund bemühte sich, ruhig zu bleiben, aber es war manchmal schwer für ihn, denn ich war sehr maßlos im Rechthaben.

Eines hatte diese Unterhaltung bewirkt: ich dachte von nun ab öfter über diese Dinge nach. Nicht, daß ich irgendwie in meiner Überzeugung erschüttert war, ich suchte nur neue Bestätigungen für meine Anschauung, wo immer ich sie traf. Mein äußeres Leben war damals sehr mühselig. Ich weiß nicht, mein lieber Sohn, ob Dir damals bewußt wurde, welch schwere Zeit ich durchmachen mußte. Ich sah Dich selten; wenn ich fortging, dann warst Du in der Schule, und wenn ich wiederkam, schliefst Du schon. Ich handelte damals gegen mein besseres Wissen, das mir sagte, daß jede Aussicht auf Verwirklichung meiner Existenz als Schriftsteller nicht vorhanden sei. Ich wollte es nicht wahrhaben, bis ich eines Tages den Entschluß faßte, in eine Textilfabrik als Anstreicher zu gehen.

Ich fuhr früh morgens um sechs Uhr mit der Untergrundbahn nach Brooklyn, ging in eine Fabrik, deren ostjüdischer Besitzer so etwas wie Mitleid mit mir hatte. Er sagte, als ich anfing: »Sie sind doch ein Künstler, kein Arbeiter, das merke ich doch.« Mit wahrhaft verbissener Wut versuchte ich die anderen und den Besitzer und schließlich auch mich davon zu überzeugen, daß ich wirklich kein Künstler sei. Ich schlug Latten zu Rahmen zusammen, die ich wiederum mit Leinwand bespannte und sie dann mit Leim bestrich. Diese Fertigkeit hatte ich von früher her, aber damals nur für meinen Privatberuf. Die Anforderung, die hier an mich gestellt war, bestand darin, daß ich täglich 60-70 Rahmen zu machen und zu grundieren hatte. Ich brachte es lediglich auf 28. Den Rest besorgte der italienische Vorarbeiter, dem ich dafür Wein kaufte. Es war nicht leicht, unter diesen kleinbürgerlichen Menschen so zu tun, als ob man dazugehören würde. Die beiden Sprachen, die in dem Betrieb vorherrschten, waren Jiddisch und Italienisch. Englisch war so ziemlich unbekannt. In jedem anderen Lande würde ein intellektueller Mensch, der gezwungen war, als Arbeiter in eine Fabrik zu gehen, bedauert werden. Nicht in Amerika, wo niemand den anderen fragte, womit er eigentlich das nötige Geld verdient.

Die Tatsache, daß ich nebenbei literarischer Herausgeber der Volkszeitung war, und daß ich im »Künstler Lexikon« stand, war materiell belanglos. Die Überschätzung des Geldes kam daher, daß es wirklich sehr darauf ankam, ob man Geld hatte oder nicht. In Paris zum Beispiel war es kaum wichtig, einen nahrhaften Beruf zu haben; jeder Künstler hatte zwei Ziele: seine Kunst und einen Mäzen.

In Amerika war das Künstlertum als Beruf nur berechtigt, wenn es Erfolg hatte. Mein Ansturm, in die amerikanische Journalistik zu dringen, mißglückte. Nun stand ich da, wo ein jeder hingerät, der mit nichts anderem ausgerüstet ist als mit einem gewissen Talent. Die Barriere der Sprache stand zwischen einem Schriftsteller in deutscher Sprache und der englischschreibenden Umwelt. Wenn man die Schriftsteller von Ruf zählt, denen es gelungen ist, das amerikanische Lesepublikum zu erobern, so sind es bestimmt nicht mehr als ein halbes Dutzend. Die anderen alle leben ein Dasein fern von jedem künstlerischen Ehrgeiz. Sie sind froh, wenn man sie in kaufmännischen und nützlichen Berufen unterbringt.

Es war damals nicht so schwer, in der beginnenden Kriegsindustrie unterzukommen. Obwohl noch nicht im Kriege, so war doch Amerika als »Arsenal für die Demokratie« auf dem besten Wege, die Arbeitslosigkeit auf diese Weise zu lösen. Die Altersunterschiede verschwanden und der junge wie der alte Mensch hatte die Möglichkeit, Stellungen zu bekommen. Freilich mußten alle persönlichen Ansprüche beiseite gelassen werden. Die typische Frage, die an einen gerichtet wurde, hieß nicht: »Was hast du getan?«, sondern: »Was kannst du tun?«

Meine Tätigkeit in der Fabrik war nichts weiter als ein unwilliger Broterwerb, der aber eines Tages jäh zu Ende war, als der Besitzer herausgefunden hatte, daß meine Leistung nicht befriedigte. Die folgenden Monate war ich tätig, bei einem mir bekannten Arzt die Tür aufzumachen, wenn Patienten kamen. Dieser Arzt, es war mein guter Freund, hatte seine Praxis in Yorkville in der 87. Straße. Es war ein völlig deutsches Viertel, nur deutschsprachige Patienten kamen zu ihm, die aber keine Nazis, sondern meist Sozialdemokraten waren. Diese Tätigkeit brachte mir täglich drei Dollar ein und ein Abendessen, das meist in dem

Restaurant »Zum Heidelberger« stattfand. Dieser Doktor gehörte zu jenen Freunden, an denen ich sehr hing, weil sie für mich ein Stück Europa bedeuteten. Diese Emigranten hatten viel Gemeinsames mit meiner Vergangenheit, aber wir mußten feststellen, daß wir uns im gegenwärtigen Leben wenig nützen konnten.

Es war so bezeichnend für meinen damaligen Zustand, die Vergangenheit war nur noch Gesprächsstoff, die Zukunft eine sehr ungewisse Hoffnung, die Gegenwart interessierte gar nicht. Wenn ich an diese Zeit heute zurückdenke, so ist mir jener schlafwandelnde Zustand fremd, doch ich begreife ihn als Ausdruck meiner inneren und äußeren Zerrissenheit. Man traf Menschen, die jemanden kannten, der einen nützlich sein konnte, man nützte Beziehungen aus, die sich als zwecklos herausstellten, man rannte hin und her, telefonierte, schmiedete Pläne, die nichts wurden, lebte, atmete und aß nur das Nötigste.

Die Stunden, die ich in meinem Beruf als Theater- und Filmkritiker beim Anschauen mancher schöner Sachen verbringen durfte, waren Ruhepunkte in meinem zermürbenden Dasein. Das schlimmste war: ich wußte keinen Ausweg.

Einundzwanzigster Brief

Im Januar 1940 wurde ich plötzlich sehr krank. Ich bekam eine Lungenentzündung, die aber infolge des raschen und tätigen Eingreifens meines Arztes behoben wurde. Ich erhielt das damals neu entdeckte Sulfatpräparat, das meine Krankheit und das Fieber in wenigen Tagen erfolgreich bekämpfte. Es war damals für mich eigentlich das, was der Psychoanalytiker die »Flucht in die Krankheit« nennt. Es war der erste Warnungsschuß eines Geschicks, der später im Jahre 1944 noch einmal erfolgen sollte. Dieser erste Warnungsschuß aber weckte mich kaum auf.

Meine Krankheit war nichts weiter als eine Schwäche den Dingen gegenüber, die zu lösen ich außerstande war. Es war nicht nur die äußere Existenz, es war mehr als das. Aber ich betrog mich sehr kunstfertig und überzeugend. Heute sehe ich die Dinge klarer, als ich es damals vermochte. Damals hätte ich die Entscheidung treffen können, zu der ich zwei Jahre später gezwungen war. Aber ich tat nichts. Ich war untätig und gelähmt. Ich benutzte meine Rekonvaleszenz dazu, die Dinge von mir abzuwehren. Und doch muß damals sich etwas entwickelt haben, was mir später bewußt wurde. Denn ich hatte das Gefühl, einer Entscheidung beizuwohnen, aber daß ich selbst der Träger der Hauptrolle war, wurde mir nicht bewußt.

Ich glaube, daß man in dieser Weise wichtige Entscheidungenszeiten erleben kann, ohne es selbst zu wissen. Damals geschah etwas mit mir.

In äußerer Hinsicht besserte sich mein Leben etwas, indem ich für ein Forschungsinstitut tätig war. Ich mußte über bestimmte Fragen Interviews bei dem deutschen Teile der New Yorker Bevölkerung abhalten. Dadurch kam ich mit den verschiedensten Menschen in Berührung. Diese scheinbar so harmlos gestellten Fragen, die ich stellen mußte, brachten die Menschen zum Bekennen ihrer politischen Ansichten. Und da in Amerika niemand über seine eigene politische Meinung den geringsten Zweifel hatte, und auch darüber, daß er berechtigt war, sie auszusprechen, so brachten diese Interviews sehr viel zutage, was sonst verborgen geblieben wäre. Diese Unbekümmertheit des Denkens und Aussprechens war so einzig demokratisch, daß einem früheren Europäer, der die Diktatur erlebt hatte, doch das Staunen ankam.

Der Kriegsausbruch war für das gesamte amerikanische Leben eine einschneidende Angelegenheit. Die sofortige Umstellung von der Friedens- auf Kriegswirtschaft wurde zwar in überraschend schneller Weise durchgeführt, aber die tiefe Abneigung, die jeder Amerikaner gegen den Krieg hat, wurde durch diese Notwendigkeit in keiner Weise vertuscht. Denn dies war der Unterschied zu Deutschland: man tat seine Pflicht, um gegen die Feinde der Demokratie anzugehen, aber war nicht froh darüber, man jubelte nicht, man feierte nicht den Beginn des Weltmordens wie ein nationales Fest.

Das war es, was uns Europäer tief beeindruckte.

Für die meisten Emigranten aus Deutschland bedeuteten der Kriegsausbruch und die Kriegserklärung Deutschlands an Amerika eine merkwürdige Bestätigung ihrer oft geäußerten Befürchtungen. Man wollte ihnen bis zum 7. Dezember 1941 nicht glauben, daß Hitlerdeutschland zum Kriege rüstete, daß alle die Schreckensberichte aus den Konzentrationslagern keine Greuelmärchen, sondern Wahrheit waren. Seit jenem Sonntag, dem 7. Dezember, war die Stellung der erbitterten Hitlergegner geradezu offiziell geworden. Doch, so komisch es klingt, sie waren als deutsche Staatsbürger trotz ihrer Vertreibung aus Deutschland »feindliche Ausländer«. Es bedeutete keinerlei Freiheitsberaubung, nur eine Anmeldung bei der Behörde. Derjenige, der wie ich das Glück hatte, amerikanischer Bürger zu sein, war zu keinerlei Anmeldung oder Registrierung verpflichtet. Denn die Abstammung wurde im Augenblick der Einbürgerung gleichgültig; es gab in Amerika nur vollberechtigte Bürger oder Nicht-Bürger.

In diesen ersten Kriegstagen war die Stimmung in New York nervös und gedrückt. Der Überfall der Japaner auf Pearl Harbour wurde öffentlich als Schlappe der amerikanischen Marinebehörde gekennzeichnet. Die Siege der Deutschen in Rußland, der Widerstand der Engländer in Afrika, alles das waren keine sehr optimistischen Siegesvorzeichen. Ein jeder wußte, daß es ein langer und schwerer Kampf sein würde.

Meine innere Einstellung zu den Ereignissen war die, daß ich oft wünschte, mehr tun zu können, um den Faschismus zu bekämpfen, als wöchentliche Zeitungsartikel zu verfassen. Damals versuchte ich in den verschiedensten Abteilungen der Regierung, wo man deutsche Sprachkenntnisse braucht, unterzukommen. Aber ich hatte kein Glück. Ich wurde vertröstet und mußte warten. In der Zwischenzeit schrieb ich und versuchte durch kleine Gelegenheitseinkünfte unsere finanzielle Lage zu verbessern. Ich wußte genau, daß meine geistigen Fähigkeiten wohl den Anforderungen eines Regierungsbüros genügen würden, aber ich war von einem lähmenden Pessimismus befallen, der jede berufliche Möglichkeit von Anfang an vernichtete.

Ich hatte in der Emigration jene Schwungkraft verloren, die für einen Erfolg unentbehrlich ist. Der Wille zum Gelingen war in eine Angst gewandelt, die meine besten Absichten lähmte. Der Erfolglosigkeit gewachsen zu sein, ist das Größte, das man erreichen kann. Ich wußte es klar und gestehe es ein, daß ich ohne einen Erfolg nicht leben kann. Ich meine nicht einen billigen Triumph, ein glattes Gelingen aller Versuche, ich meine das grundlegende Gefühl: »Es wird doch gelingen.«

Heute, wo ich diesen Zustand überwunden habe, sehe ich klar, daß es im Leben darauf ankommt, der Erfolglosigkeit zu trotzen. Das, was die wirklich Großen der Geschichte auszeichnet, ist nicht die Größe ihres Erfolges, sondern ihre Standhaftigkeit dem Mißerfolg gegenüber.

Meine Mitarbeit an der »Neuen Volkszeitung« brachte mir nur die Befriedigung des Bewußtseins ein, daß ich überhaupt schreiben konnte. Gewiß, es machte mir Freude, meine wöchentliche Rubrik mit dem Titel »Es geht uns an« zu schreiben, aber die Wirkung meiner Sätze und Worte war für mich nicht spürbar. In mehr als 600 Artikeln sprach ich zu unbekannten Lesern und war wirklich überrascht, zu hören, daß es Menschen gab, die meine Arbeiten gelesen hatten.

Die ganze Tätigkeit der deutschsprachigen Presse in Amerika war eine ziemlich isolierte. Die amerikanische Umwelt wußte nichts von ihr; man konnte die bestgeformten und geistvollsten Sätze in der deutschen Sprache niederschreiben, ohne daß sie jemals den englisch sprechenden Amerikanern zu Ohren gekommen wären. Der Redaktionsstab der »Volkszeitung« bestand aus Männern, die in der Weimarer Republik beachtliche Stellungen innegehabt hatten. Durch den Einbruch Hitlers in die deutsche Regierungsgewalt waren sie aus ihren Ämtern und aus dem Lande vertrieben. Ich mußte oft mit Schrecken feststellen, wie bei einigen von ihnen die Ereignisse fast spurlos vorübergegangen waren. Sie waren im Jahre 1933 vertrieben worden und hielten zum Teil das Ereignis für das, was man in Deutschland einen »Betriebsunfall« nannte. Wir wissen heute, daß es viel mehr war.

Die Tragik der deutschen emigrierten Parteien war die, daß sie die deutsche Parteizerrissenheit mit in die Emigration nahmen. Während ein Erdteil in Trümmer sinkt, beweisen sich die antifaschistischen Parteien ihr gegenseitiges Unrecht.

Zweiundzwanzigster Brief

Heute, wo der Krieg in Europa sich dem Ende zuneigt, ist für jeden Emigranten die Zeit gekommen, in der er sich zum letzten Mal darüber Rechenschaft ablegen kann, wie seine Stellung den europäischen Ereignissen gegenüber ist. Unbeschadet seiner Eigenschaft als neuer Bürger der USA, ist er dazu um so mehr verpflichtet, als wohl niemand in Amerika es verstehen würde, wenn jemand, der in Europa geboren ist, behaupten würde, daß er an den Vorgängen dort uninteressiert sei.

Ich bin der Ansicht, daß niemand zu einer klaren Haltung den Folgen eines Sieges in Europa gegenüber mehr verpflichtet ist, als der nichtgebürtige amerikanische Bürger.

Es gibt eben nur eins: die Unmöglichmachung eines solchen Unglücks, wie es durch Hitler und seine Gefolgsleute über die Menschheit gebracht worden war. Die Rolle, die der einzelne Emigrant oder Antinazi dabei spielen konnte, war nur gering, aber nicht unwichtig. Doch ich merkte mit Erschrecken, daß es wenige gab, die aus der Leidenserfahrung der letzten 12 Jahre etwas anderes gelernt hatten als das, was man mit »Vergeltung« bezeichnet. Es ist natürlich, einen Mörder zu hassen, aber aus Haß erwachsen wiederum Mord und Unheil.

Was heute not täte, wäre eine Politik zu finden, die nicht rächt, sondern wiedergutmacht. Man schämt sich beinahe, heute das Wort »Liebe« auszusprechen, weil es das mißverstandenste Wort der Sprache ist. Der Haß macht blind, die Liebe sehend!

Bitte verstehe mich nicht falsch, mein Sohn, ich plädiere nicht für die Freisprechung jener Verbrecher, die heute noch mit uns im Kriege stehen, aber ich bin gegen die Schaffung einer neuen blutigen Welt, in der der Mord regiert. Nicht Auge um Auge, nicht Zahn um Zahn, sondern Befreiung vom Übel. Das ist die Losung. Ich weiß, wie schwer es heute ist, so zu denken und es auszusprechen. Aber ich tue es, weil mich über dem Entsetzen der Vergangenheit die Angst um die Zukunft quält.

Wenn dieser Krieg von uns siegreich beendet wird, dann ist die große Aufgabe da, aus diesem Kriege die Lehren zu ziehen.

Wenn ich daran denke, daß Du in zehn Jahren wieder bewaffnet gegen eine Welt ziehen müßtest, dann hätte für mich jeder Sieg in diesem Kriege keinen Sinn mehr. Ich weiß, daß viele Menschen heute überzeugt sind, daß große Heere einen Schutz darstellen. Niemand wird so vermessen sein, die Wehrlosigkeit zu propagieren, doch ist der unbewaffnete Geist dem bewaffneten Ungeist tausendfach überlegen.

Der Pazifismus wurde in Deutschland immer als ein Zeichen der Schwäche angesehen. Pazifisten waren eben Menschen, die zu feige waren, in den Krieg zu ziehen. Daß der Pazifismus in Wirklichkeit nur den Widerstand vergeistigen wollte, glaubte in Deutschland fast niemand. Als die Hitler-Bewegung mächtig zu werden begann, wurde das Schlagwort vom »starken Deutschland« eine wirkungsvolle Phrase. Trotz des Kriegselends des ersten Weltkrieges, trotz rührender Versuche der Republik war der Geist in Deutschland geringer geachtet als das klirrende Schwert. Hier in Amerika entschloß sich das demokratische Land zur Bildung einer schlagfertigen Armee, aber niemandem fällt es ein, dies als etwas anderes anzusehen als eine Kriegs-Notwehr. Der Zivilist ist in Amerika an Rang jedem Soldaten überlegen, man benutzt die Tüchtigkeit der Armee, um das zivilistische Leben der amerikanischen Demokratie zu schützen.

Dies war der große Unterschied zwischen Deutschland und den Vereinigten Staaten: dort war die Militärkaste unter Wilhelm wie unter Hitler übermächtig, hier aber gab es überhaupt keine Militärkaste.

Man kann es heute ruhig aussprechen, daß es die Schuld vieler Nationen war, so lange zuzusehen, bis aus dem deutschen Unglück das der Welt geworden war. Der Egoismus der Völker wie Menschen führte zu dieser Katastrophe, und die Opfer sind heute im Innern so zerstört, im Innern so heimatlos wie nie zuvor, trotz der Gastlichkeit des großen Amerikas. Die nationale Begrenzung der Menschen ist die Ursache zum politischen Egoismus.

Wenn ich diese vertriebenen Menschen in den Straßen und Häusern Amerikas leben und umhergehen sehe, so ist es mir, als ob ich Verstorbenen zusähe, die ihr Schattendasein nicht begriffen haben. Und es ist ein gespenstisches Leben, das nichts in sich hat als die Erinnerung und die Hoffnung. Es ist ein Leben ohne Gegenwart, denn die ist meist freudlos und sehr beengt. Die Mühsal gilt dem Morgen, die Erinnerung ist vom Gestern schwer behängt. Ich selbst nehme mich nicht aus, wenn ich mich zu ihnen rechne. Nur das Eine unterscheidet mich von ihnen: ich glaube, daß ich mir meiner Schattenexistenz bewußt war.

Ich möchte, daß Du, mein lieber Sohn, niemals in dieses Gespensterdasein gedrängt wirst. Lebe im Tageslicht und in der Gegenwart, vergiß das Gestern und sei ohne Furcht vor der Zukunft. Lache nicht über diese Banalität, aber wir haben manchmal erfahren, daß große Dinge sehr oft nur in abgebrauchten Sätzen wiedergegeben werden können. Das große Glück, das uns in diesen schwersten Jahrzehnten zuteil wurde, ist die Gelegenheit zur Erkenntnis, und die möchte ich wahrnehmen.

Damals hatte ich die ersten Versuche gemacht, eine Stellung beim »Civil Service« zu bekommen. Ein Zufall führte mich eines Tages mit jener klugen, blonden Dame zusammen, die während dreier Jahre meine Sekretärin gewesen war. Diese gebürtige Amerikanerin, in Deutschland und Norwegen aufgewachsen, hatte bei der Behörde einen wichtigen Posten inne. Durch ihre Vermittlung erhielt ich eine Aufforderung, mich zur Sprachprüfung zu melden. Ich ging eines Morgens um neun Uhr in die 23. Straße, wo ich etwa fünfzig andere Bewerber fand. Eine freundliche junge Dame war unsere Prüferin, und wir hatten Übersetzungen aus dem Englischen ins Deutsche und umgekehrt zu machen.

Die deutschen Texte waren meist fotografierte Briefe in deutscher Kurrentschrift; für mich einfach zu lesen, aber nicht für die, welche in den USA geboren waren. Ich muß Dir gestehen, mein lieber Sohn, daß ich seit meiner Schulzeit kein Examen abgelegt hatte. Niemand hat es von mir verlangt; als Künstler und Schriftsteller hatte ich Leistungen vorzuweisen, ohne daß eine Prüfung notwendig war. Nun saß ich hier in einer richtigen Schulbank in einem ehemaligen Schulraum und schrieb eifrig meine Übersetzungskünste nieder. Ich hatte keine großen Schwierigkeiten damit. Als erster wurde ich fertig und hatte das sichere Gefühl, durchgefallen zu sein. Um so erstaunlicher war ich, als mir ein »Mitschüler« unten auf der Straße berichtete, er hätte gesehen, daß unsere Lehrerin auf meinen Bogen geschrieben hätte: 100%.

Nun mußt Du aber nicht glauben, daß meine Anstellung bei der Behörde sofort erfolgt wäre. Es begann das, was man »Untersuchung« nennt, bei der es darauf ankam, meine charakterliche Solidität sowie meine loyale Haltung dem Staat gegenüber festzustellen. Meine Freunde berichteten mir später, daß sie über alle diese Dinge ausgefragt worden wären. Die folgenden Monate waren schwer zu ertragen, denn sie waren meist mit Warten ausgefüllt. Was ich in dieser Zeit eigentlich getan habe, weiß ich nicht. Du befandest Dich damals mit Deiner Mutter in Reno, wo die gesetzliche Scheidung meiner Ehe ausgesprochen wurde.

Ich verbrachte damals einige Wochen in Providence, wo ich bei meinem Vetter leben konnte. Es war ein Müßiggang mit der Hoffnung auf Anstellung und der schmerzhaften Gegenwart, die darin bestand, daß ich mich langsam daran gewöhnen mußte, als Junggeselle zu leben. Der Gedanke hatte nichts Freudiges, der Verzicht auf die Familie war schmerzhaft.

In diese Zeit fiel das Ereignis meines 50. Geburtstages. Ein weniger festliches als einschneidendes Erlebnis. Das halbe Jahrhundert, das mein Leben erfüllte, war ereignisreich gewesen, hatte mir aber nichts eingebracht als die Hoffnung auf ein besseres Morgen und die Erinnerung an eine erfolgreiche Existenz in Europa. Man muß nicht sentimental sein, um fünfzig Jahre als wichtig zu begreifen. Die lange Zeit der Vergangenheit und die kurze Zeit der Zukunft können sich nur die Waage halten, wenn die Gegenwart schwerer wiegt und inhaltsreicher ist als die Vergangenheit. Damals lebte mein Bruder noch, und ich sandte ihm Glückwünsche zum gemeinsamen Geburtstag nach Palästina. Eine tragikomische Erinnerung tauchte in mir auf. Es war im Jahre 1927 gewesen, als eine schrullige Handleserin mir prophezeite, daß ich um mein 50. Lebensjahr herum sehr einsam sein würde. Damals, vor 15 Jahren, war mein Leben voller Freuden und Freunde gewesen. Das Alleinsein war für mich nur vorhanden, wenn ich es wollte. Heute war es ein Zwang, und oft kein schöner. Die Gemeinschaft mit Menschen wird dünner, die Beziehungen zu ihnen werden immer unwichtiger, zuletzt bleibt man allein. Wenn ich die zufriedenen Gesichter um mich herum sah, als ich in Providence meinen 50. Geburtstag feierte, wurde mir klar, daß ich trotz aller Bemühungen das Einfachste im Leben nicht erreicht hatte, nämlich das Sichbescheiden mit dem Vorhandenen. Die Unzufriedenheit, die mir meine augenblickliche Stellung geschaffen hatte, war aus dem Unvermögen heraus geschehen, das festzuhalten, was zu einem gehörte. Menschen zu finden, war immer leicht gewesen, sie zu halten, schwer. In früheren Jahren war es leicht, neue Menschen zu finden. Nicht weil ich anspruchslos war, sondern weil ich genug Frische und Kraft besaß, auf die Suche zu gehen. Das Ungestörtsein, das mir nun gewiß war, wurde mit dem Besten erkauft, was man hatte, mit Menschenwesen, die einem nahestanden. Mein Leben war mir selbst aus den Händen geglitten, das bißchen, was ich noch halten konnte, mußte bis zum Ende meiner Tage reichen.

So glaubte ich damals am 13. November; das Schöne und Schwere, das mir bevorstand, waren noch in der Dunkelheit meiner Zukunft.

Dreiundzwanzigster Brief

Als ich wieder nach New York zurückkehrte, mußte ich dasselbe hungrige Dasein weiterführen wie vor meiner Abreise nach Providence. Es war ein trauriges Weihnachten, das ich damals erleben mußte. Ich lebte zwar in der Nähe des Central-Parks in einem sogenannten »Rooming House«, wo einige Freunde von mir ihre Zimmer hatten. Du warst um diese Zeit weit fort in Reno, und ich dachte mit schmerzlichem Bedauern daran. Weihnachten war für mich in der Kindheit etwas Fremdes gewesen. Seit meinen Worpsweder Tagen aber bedeutete dieses Fest für mich mehr: ohne zu begreifen, daß die Geburt des Erlösers wirklich auch mich anginge, hatte ich doch das Gefühl einer weihevollen und andächtigen Stimmung.

Ich wußte nur das, daß das »Channuka-Fest« keine Bedeutung für mich hatte, selbst die Symbolik des Lichteranzündens war für mich, wie für viele Juden, wirklichkeitsfremd geworden. Ich weiß es genau, wie ich mich lange bemüht habe, in der Bedeutung der jüdischen Gebräuche etwas zu sehen, was mich überzeugen konnte. Es ist mißlungen, vielleicht war es meine Schuld, vielleicht ist die Gegenwart stärker gewesen als ein tausendjähriger Brauch.

Das »Friede auf Erden« erklang in diesen Kriegszeiten keineswegs überzeugend. Es war wiederum eine Hoffnung geworden, die einmal Wirklichkeit werden sollte. Die »guten Willens sind«, waren heute verfemt und verbannt, oder ihre Stimme war zu leise, um gehört zu werden. An diesem Weihnachtsfest 1942 fühlte ich stärker als sonst die Leere meines äußeren Daseins, das durch keinen inneren Reichtum wettgemacht wurde. Ich war auf mich selbst angewiesen, stärker denn je. Meine Beziehungen zu den Freunden waren nur noch äußerlich vorhanden. Es gab keinen, der mich davon hätte überzeugen können, daß er meine inneren Nöte verstand.

Noch immer hatte ich keinen Brief von der Behörde. Ich war in einen sehr nervösen Zustand geraten, denn alle Möglichkeiten, zu einer dauernden Beschäftigung zu kommen, waren gescheitert.

In diesen Tagen geschah es, daß ich, der Skeptiker und Atheist, gelobte, ein frommer Jude zu werden, wenn meine Anstellung bei der Regierung erfolgen sollte. Ich nahm den Augenblick des Gelöbnisses ernst, empfand aber gleichzeitig, daß nur ein äußerer Zwang mich dazu veranlaßt hatte. Das tröstliche Wort »wenn« half mir, den Zeitpunkt der Verwirklichung dieses Gelübdes hinauszuschieben. Ich befand mich damit in einer merkwürdigen Situation: auf der einen Seite wünschte ich nichts sehnlicher als meinen Eintritt in den »Civil Service«, mit dem nun durch mein Gelübde eine wesentliche Änderung meines äußeren und inneren Daseins verbunden war. Auf der anderen Seite war mir der Gedanke, wieder »zurückzugehen«, wenig sympathisch.

So war ich geartet, daß ich mir die Erfüllung eines langgehegten Wunsches, wie es das regelmäßige Verdienen war, gleichzeitig durch die Aufrichtung einer Barrikade erschwerte.

Und eines Tages war es so weit, daß ich auf dem für die Post bestimmten Tische *den* Brief vorfand, und jetzt war gleichzeitig mit dem Brief des »Civil Service« aus New York ein anderer aus Washington gekommen, der mir eine Aussicht eröffnete, dort für das »War Department« als Übersetzer tätig zu sein. Das Honorar würde in beiden Fällen das gleiche sein. So war es oft in meinem Leben gewesen: ich hatte nichts oder ich hatte es doppelt. Ich hatte zu wenig zu Essen oder ich wußte nicht, was ich mit meinem Gelde anfangen sollte. Dieser angenehmen Zwickmühle konnte ich nur durch irgendeine Entscheidung entrinnen. Ich entschied mich für New York, ohne aber die Washingtoner Möglichkeit aufzugeben, indem ich dorthin schrieb, daß ich nach zwei Wochen ihnen meine Entscheidung mitteilen wollte. So hoffte ich, Zeit zu gewinnen.

Einige Tage später war ich angestellter Beamter der amerikanischen Regierung. Sollte ich mich darüber freuen? Ich hatte eine Freiheit aufgegeben, die ich mir auch materiell nicht mehr leisten konnte. Die Umstellung, die dazu gehörte, war nicht so einfach.

Ich mußte nun um sechs Uhr in der Frühe aufstehen, bereitete mir mein Frühstück und fuhr um 7.20 Uhr mit der Untergrundbahn zur 23. Straße. Meine Tage und Stunden waren ausgefüllt und auch bezahlt. Aber dafür hatte ich mein früheres Leben aufgegeben, das ganz auf mich allein gestellt war. Es war doch, wie meine Freunde mir versicherten, meine Rettung, daß ich nun in der Lage war, ein geordnetes Leben zu führen. Aber da waren die Schulden, die erst mal einen großen Teil meines Gehaltes einnahmen; sie mußten pflichtgemäß zurückgezahlt werden, und somit verfügte ich trotz meines »geordneten Lebens« über keinerlei Barmittel.

New York ist ein bezauberndes und zum Geldausgeben verlockendes Pflaster. Aber wenn man mit jedem Dollar rechnen muß, wie ich es tun mußte, so verzerrt sich dieser Zauber zur Fratze. Meine Stellung brachte mir zwar Geld ein, aber, wie ein Freund von mir zu sagen pflegte: »Du bekommst zwar nichts, aber das wenigstens regelmäßig.« So war es im Grunde. Der durch Selbstmord im Jahre 1938 verstorbene deutsche Schriftsteller Kurt Tucholsky sagte einmal: »Man bekommt schließlich alles im Leben, was man sich gewünscht hat. Nur ist es immer eine Nummer zu klein.« In dieser Lage befand ich mich damals; aber ich verstand es, mit Humor zu tragen.

Mein Leben war damals eingeengt in den bürokratischen Alltag, den ich zuerst nur schwer ertragen konnte. Doch man gewöhnte sich dann. Ich muß sagen, daß ich damals den Ehrgeiz hatte, als Beamter Karriere zu machen; es gelang mir zum Teil. Mein Außen war sehr geregelt und auf Pünktlichkeit eingestellt. Aber das Innen war nicht mehr vorhanden, es erwachte nur in einigen Augenblicken und stellte an mich eine Frage, die ich meist nicht beantworten konnte, weil ich zu müde dazu war. Der Leerlauf eines äußerlich inhaltsreichen Daseins konnte mich nicht ganz zermahlen, davor rettete mich die Gabe, die ich am höchsten schätze: mein unzerstörbarer Sinn für Humor.

Wir lebten damals nebeneinander her, ich sah Dich nur an den Sonntagen oder hörte Deine Stimme am Telefon, das war alles, was damals unser Zusammenleben ausmachte. Ich muß sagen, daß ich oft sehr unbefriedigt davon war. Aber ich konnte nichts dagegen tun. Es war eine Bestrafung, die ich ertragen mußte, weil ich während langer Jahre zu sorglos dahingelebt hatte.

Die Katastrophe meiner Ehe wurde von mir geahnt, aber ich hatte nichts dagegen tun können, ich fühlte mich oft wie ein Wanderer im Gebirge, der eine Lawine auf sich zukommen sah und doch nichts zu seiner Rettung tun konnte. Ich kann bis heute noch nicht erklären, warum ich in diesen Zustand der Indolenz geraten war. Ich lebte wider besseres Wissen, und zum erstenmal in meinem Leben empfand ich die Armut und die Begrenzung des Wissens. Etwas mahnte mich von Zeit zu Zeit an mein Gelübde, wieder fromm zu werden. Aber ich erfand Dutzende von Ausreden, um es unmöglich zu machen. Ich machte noch nicht einmal den Versuch dazu, mein Leben zu ändern. Das Gelübde meiner schwächsten Stunden war nun gebrochen, aber ich empfand mehr die Lächerlichkeit, solch ein Gelübde getan zu haben, als die Sündhaftigkeit des Nichteinhaltens. So vergingen der Sommer und der Herbst 1942, ohne daß sich irgend etwas Wesentliches ereignet hätte. Ich rettete mich oft in das Bewußtsein, einer von denen zu sein, die an der Besiegung des Faschismus teilnehmen.

Ich war den ganzen Tag im Büro mit Menschen zusammen, die alle das gleiche Ziel hatten und dieselbe Auffassung von unserer Tätigkeit im Bewußtsein. Es gab mehr kleine als große Menschen unter ihnen. Sie waren alle der deutschen Sprache mächtig, aber es war ihnen oft nur eine von den Fremdsprachen, die sie beherrschten. Der Konflikt, in einer anderen Sprache zu fühlen und zu denken, war oft für mich groß. Ich konnte nicht lügen und die 42 Jahre, die ich in Europa verbracht hatte, nicht ausmerzen. Ich war durch den Krieg in einer Stellung gestrandet, in der ich meine Kenntnis der deutschen Sprache wohl anbringen konnte, aber das, was ich früher getan hatte in Kunst und Literatur, wurde keineswegs besonders beachtet.

Die Tatsache, daß mein Name im »International Who's Who?« stand oder im Künstlerlexikon, daß ich mancherlei erfolgreich getan hatte, daß ich von den Nazis ausgebürgert war und meine Bücher verbrannt worden waren, alles das war ein Bestandteil dessen, was im amerikanischen Sprachgebrauch »background« genannt wurde.

Dieses Wort erschien mir immer mehr ein Grabstein zu sein, der vergangene Leistungen bezeichnet und für die gegenwärtigen nichts weiter ist als ein nichtssagendes Symbol. Da gab es Menschen, deren »background« sehr vorzüglich war, Menschen, die Länder, Geschichte, Wissenschaften und Künste kannten und in berühmten Büchern darüber geschrieben hatten. Sie waren trotzdem in diesem Büro nichts weiter als fleißige oder faule Beamte, deren »background« in den Aktendeckeln des Personalbüros schlummerte. Dies ist für das junge erbarmungslose Land Amerika charakteristisch, über das der Europäer zu jammern gewohnt ist. Dies ist der unsentimentale Anspruch des großen Landes: etwas für die Gegenwart zu leisten. Die Vergangenheit gilt nichts, der Augenblick, die Stunde bedeutet alles.

Man muß klar sehen: alles, was in Europa geleistet worden war, gehörte der Vergangeheit an, einer Zeitepoche, die von Amerika nicht nur entfernt, sondern auch sehr verschieden war.

Es ist für Menschen, die über Vierzig sind, sicherlich schwer, das Vergangene nicht immer geltend zu machen. Aber es nützt nichts. Mit höflichem Lächeln nimmt der Amerikaner vergangene Leistungen zur Kenntnis, aber er kann nichts mit ihr anfangen, wenn sie nicht »verwertbar« ist. Dieses verlangt ein fortwährendes Sichbeweisen. Es zermürbt die einen, wer aber stark genug ist, wird dadurch jünger.

Diese Menschen aber, die hier in dem Büro versammelt waren, waren meist zwischen 40 und 60. Der Krieg bot ihnen die letzte Chance, in irgendeiner Weise noch nützlich zu sein. Und sie nahmen sie wahr. Eine meiner merkwürdigsten Eigenschaften (vielleicht teile ich die mit vielen Menschen) ist, daß ich heute noch in meinem 53. Jahre an meine Zukunft glaube.

Ganz gleich, wann das Morgen beginnt und endet, ich glaube, daß es für mich noch ein »Morgen« gibt.

Vierundzwanzigster Brief

Mein Leben im Jahre 1943 war eintönig und regelmäßig. Ich hatte kaum Zeit, den Anregungen, die ich gewohnt war, nachzugehen und in Konzerten, Filmen und Theatern zu sitzen. Um meinen Beruf als »Staatsbeamter« auszufüllen, mußte ich in körperlicher Hinsicht mich sehr schonen. Das abendliche späte Zubettgehen wurde allmählich ein Laster, das ich mir nicht mehr erlauben konnte.

Mein Zusammensein mit den Menschen, die ich Freunde nannte, wurde seltener. Wenn ich heute an diese Zeit zurückdenke, so sehe ich mein Leben in der damaligen Zeit als das eines sehr tätigen Gespenstes an, dem das wirkliche Leben abhanden gekommen war. Die Freude darüber, daß ich meine Familie nun regelmäßig unterstützen konnte, wurde gedämpft, wenn ich daran dachte, daß meine künstlerische Betätigung sich nur in den wöchentlichen Artikeln für die »Neue Volkszeitung« erschöpfen konnte. Ich erledigte diese Arbeit pünktlich, und oft war ich am Rande meiner körperlichen Kräfte, wenn ich abendlich ins Theater oder in den Film gehen mußte.

Damals erschien in mir des öfteren die Frage nach dem »Warum«. Ich konnte keine andere Antwort darauf finden als ein verlegenes »Ich weiß es nicht«. Ich war mir selbst etwas abhanden gekommen und hatte nicht die Kraft, aus meinem Leben die Wirklichkeit zu machen, wie es mir früher möglich gewesen war. Ich ging meinen täglichen Gang zu der Arbeit im Morgengrauen am Central-Park entlang bis zur Untergrundbahn und versuchte, mir Kraft und Lebensmut einzureden.

Ich fand mich selbst eigentlich nicht mehr vorhanden. Meine früher so charakteristische Lebendigkeit war schwächer geworden. An einem der Abende fand ich ein Manuskript, es war ein Entwurf zu einer Art Biographie über mich selbst.

Darin standen Sätze wie diese:

»Es soll einen guten, gerechten Gott geben mit strengen Strafen und Verurteilungen, dort soll ein Gerichtshof sein, der über Leben und Tod entscheidet, aber wir können dort nicht persönlich erscheinen. Das Gericht hat seinen Sitz irgendwo über uns im Himmel oder in der Hölle und entscheidet über unser Sein oder Nichtsein. Der Urteilsspruch erfolgt, ohne daß unser Verteidiger oder wir selbst dazu etwas sagen können. Doch mein Urgroßvater Samson Raphael Hirsch würde sagen: ›Das Gebet ist unsere Berufung.‹ Er war gläubig, er hatte eine große Gemeinde. Ich aber bin allein in der Welt, ich habe keinen Glauben. Ich habe zu beten verlernt.« Diese Sätze waren im Jahre 1932 geschrieben worden. In demselben Jahr, in dem Du zur Welt gekommen bist. Ein Jahr, bevor Hitler zur Macht kam, es war das letzte sorglose Jahr in Deutschland. Nun habe ich das Manuskript wieder vor mir. Ich lese es mit Staunen und ich bin erschüttert über die Kraft meines Unglaubens. Damals schrieb ich das kleine Buch »Felix und Felicia«, das später hier, nach Erfolgen in Deutschland, in Amerika erschienen ist. Zu ihm schrieb ich ein Vorwort für die amerikanischen Leser: »Das alte Leben ist mir gelungen, warum soll mir das neue mißlingen?«

Die Beschäftigung mit dem Lesen in alten Manuskripten befriedigte keineswegs, doch manches wurde aufgewühlt, das ich für tot hielt. Ich war unsicher geworden in der Sicherheit meines äußeren Lebens. Ich war nicht mehr gänzlich davon überzeugt, daß mir ein altes Leben gelungen war, und ich glaubte zutiefst an das Mißlingen des neuen.

So war mein Zustand am Ende des Jahres 1943, an dem

mir durch einen Zufall wieder mein Freund begegnete, mit dem ich seinerzeit das Gespräch über Gott hatte. Es war so, als ob wir unser Gespräch nun fortsetzen würden. Mein Freund witterte meine Unsicherheit und spürte meine Bereitschaft zur Diskussion. Die Umgebung war denkbar schlecht gewählt, denn ein Silvesterabend eignet sich kaum zu religiösen Gesprächen. Inmitten eines alkoholischen und etwas lärmenden Abends fanden mein Freund und ich einen Platz in der Ecke des Zimmers, an dem wir ungestört sprechen konnten.

Jenes Gespräch (und ich erinnere mich gut) begann etwa folgendermaßen: »Ich habe mein Gelübde gebrochen, lieber Freund«, so begann ich.

»Ein Gelübde ... Du, ein Atheist?« — »Ich war sicher kein Atheist, als ich das Gelübde aussprach, ich war einfach am Rande meines Wissens. Wenn du willst, am Ende meiner Existenz. Und dann wurde *das* Ereignis, um dessen Erfüllung ich . . . beinahe hätte ich gesagt . . . gebetet habe. Ich gelobte, wieder ein frommer Jude zu werden, aber ich kann es nicht tun, da ich nicht rückwärts gehen kann.«

»Warum gehst du nicht vorwärts? Ich sehe für dich nur den einen Weg, daß du versuchst, dein Gelübde in irgendeiner Form wahr zu machen. Es kommt nicht darauf an, daß du ein frommer Jude wirst. Werde fromm! Glaube! Ordne dich einer höheren Macht unter!«

»Erst muß die höhere Macht mir zeigen, daß sie existiert. Erst dann kann ich mich unterordnen. Vorläufig habe ich nicht den Mut, an diese — wie du es nennst — höhere Macht zu glauben. Was mich bezwungen hat, war eine sehr niedere Macht. Es war die Geldlosigkeit, die Mittellosigkeit und die Not.«

»Du mußt erkennen lernen, daß diese niederen Mächte, wie du sie nennst, von einer höheren Macht gewollt sind, um dich zu prüfen. Du konntest ihnen nur standhalten, indem du etwas versprachst, an dessen Erfüllung du aber nicht glaubtest.«

Das Gespräch wurde in sehr leisem Ton gehalten, aber

schließlich gesellte sich der andere Teil der Gäste dazu, der Alkohol nahm von uns das Bedürfnis, diskret zu sein, und so wurde die Debatte über oder gegen die Existenz Gottes und die Berechtigung des Gelübdes eine allgemeine. Es war für mich zu spät, als ich einsah, daß aus dem Gespräch mit dem Freunde eine allgemeine Diskussion geworden war. Ich erinnere mich heute nur daran, daß ich, wie um meine Haltung zu wahren, einen völlig verneinenden und atheistischen Standpunkt einnahm. Ich befand mich plötzlich sehr allein mit meiner Behauptung, daß es nie und nimmer eine andere Macht geben könne als die sichtbare. Ich sah, daß fast alle meine Freunde meinen schroffen Standpunkt ablehnten.

Der Abend endete sehr früh für mich, da ich am Neujahrstag zu arbeiten hatte. An diesem Neujahrsmorgen hatte ich ein sehr schweres, niederdrückendes Gefühl, wie immer, wenn man glaubt, mißverstanden worden zu sein. Ich sagte zu mir selbst: »Ich kann mich nicht einmal mehr verständlich machen, so weit ist es mit mir gekommen.« So begann für mich das Schicksalsjahr 1944 mit einem unfrohen und unbefriedigenden Auftakt. Damals war es mir klar geworden, daß mich in meiner die metaphysischen Dinge ablehnenden Haltung nichts erschüttern konnte. Ich suchte jede Gelegenheit, um mich in dieser Auffassung zu bestärken. Selbst die etwas kleinbürgerliche Haltung den metaphysischen Dingen gegenüber, wie ich sie in den Kreisen meiner Freunde in der »Volkszeitung« fand, hatte meine Zustimmung. Trotzdem ich in meinem Innern dieser radikal marxistischen Weltauffassung immer abgeneigter wurde.

Ich erinnere mich eines Diskussionsabends im Deutschen Gewerkschaftshaus, wo ein ehemaliger sozialdemokratischer Minister jeden Versuch, innerhalb des Sozialismus eine religiöse Zelle aufzubauen, scharf ablehnte. Ich beteiligte mich an der Diskussion durchaus im Sinne des Redners. Ich mußte feststellen, daß selbst in den Kreisen der Sozialdemokratie das religiöse Problem eine gewisse Wichtigkeit hatte.

Das Problem der Religiosität war in Amerika viel stärker vorhanden als in Europa. Wie in allen angelsächsischen

Ländern ist hier die Zugehörigkeit zu einer Kirche selbstverständlich; es kommt nicht so genau darauf an, ob jemand zu der oder jener Sekte gehört, aber er muß gewärtig sein, daß er als erklärter Atheist und Gottesleugner einen sehr schweren Stand hat. Selbst in den Kreisen der organisierten Sozialisten ist die Zugehörigkeit zur Kirche kein Einwand.

In der jüdischen Bevölkerung Amerikas war und ist das Bekenntnis zur Religion keineswegs eine äußerliche Angelegenheit. Diese meist aus Polen oder Rußland stammenden Juden kamen mittellos in den neuen Erdteil, aber sie hatten das Glaubensbekenntnis ihrer Väter als unverlierbares Gut mitgenommen. Als nun die Emigration von 1933 Amerika erreichte, kamen zum erstenmal jüdische Einwanderer ins Land, deren Zusammenhang mit der Religion sehr gering war. Es gab zwar manche überzeugte fromme Leute unter ihnen, aber die meisten waren sehr »freireligiös«. Ihre Beziehungen zum Judentum waren durch den grausamen Antisemitismus in Europa ins Rassisch-Nationale gedrängt. Sie hielten die jüdischen Gebräuche lediglich als nationale Erinnerungen und Gedenkfeste aufrecht.

In den Kreisen, denen ich angehörte, war das religiöse Problem kaum noch vorhanden. Da das National-Rassische abgelehnt wurde, blieb wenig Problematisches zurück. Auf dem Wege zum Amerikanertum war die Religion für die europäischen Intellektuellen kein gewichtiges Gepäck. Ich erinnere mich, daß es für mich beschämend schwer war, über diese Probleme mit meinen Freunden zu sprechen. Ich sollte das später noch bitterer empfinden, als ich es damals tat.

Ich war in eine fragwürdige Situation geraten, die ich innerlich nicht bewältigen konnte. Es war sozusagen alles fragwürdig geworden: die Kunst, die Wissenschaft, die Literatur, kurzum, fast alle Lebensprobleme waren für mich in dieser Zeit verändert, ohne daß ich die rechte Lösung wußte.

Erinnerst Du Dich noch an jenen Unfall, mein lieber Sohn? Es war wie eine Mahnung des Geschickes, das mir damals die Begrenzung meiner Macht zeigen wollte. Als Deine Mutter mich an einem Sonntag Morgen anrief und mir die entsetzliche Botschaft übermittelte, da konnte ich nur stammeln: »Was? ... Bewußtlos! ... Schädelbruch! ... Hospital! ...«

Der Unfall ereignete sich abends um neun Uhr, als Du leichtsinnigerweise über den Fahrdamm ranntest. Es muß ein furchtbarer Anblick für Deine arme Mutter gewesen sein, als sie Dich blutend und bewußtlos auf der Straße wiederfand. Ein Auto hatte Dich überfahren und zu Boden geworfen; bewußtlos brachte man Dich ins Hospital.

Die Fahrt in der Untergrundbahn am Sonntagmorgen werde ich nie vergessen. Ich eilte ins Hospital, und selbst der schnelle Broadway-Express schien mir ein Schneckentempo zu haben. Ich saß auf meiner Bank in der Bahn und sprach irgendwelche Worte vor mich hin, die nichts weiter ausdrückten, als die Empfindungen eines Menschen, dem sein Liebstes entrissen zu werden droht. Ich betete während der Fahrt, wie es jeder Mensch und jeder Vater tun würde, ich hatte meinen Antheismus vergessen und sagte etwa: »Lieber Gott, laß meinen Jungen nicht sterben!«

Du wurdest gerettet; denn es stellte sich heraus, daß es kein Schädelbruch war, sondern nur eine Zerreißung des Trommelfells. Du wurdest rasch gesund.

Heute begreife ich, daß es die Gnade Gottes war, die Dich mir erhalten hat.

Fünfundzwanzigster Brief

Im Februar 1944 hatte ich ein seltsames Erlebnis. Mein Freund Dr. Paul Stefan, der Musikschriftsteller, der früher in Wien und in Europa einer der bekanntesten Schriftsteller war, starb plötzlich. Paul Stefan war der Vorkämpfer für die Musik Gustav Mahlers gewesen, er hatte für alles Junge und Große sich eingesetzt.

Er war ein ewig begeisterter, schwärmerischer Mann gewesen, ein Europäer im besten Sinne. In Amerika hatte er es sehr schwer gehabt. Man nahm von seiner Existenz gebührend Kenntnis, doch es war ihm kaum möglich, durch seine

Feder den Lebensunterhalt zu verdienen. So mußte der 63jährige vieles tun, was nicht im Bereich seiner Begabung lag. Er ertrug es mit Humor und in kluger, etwas wehmütiger Art. Ich veranlaßte die »Volkszeitung«, ihn als Musikkritiker zu beschäftigen, und gab freudig das Musikreferat an ihn ab, das ursprünglich auch von mir verwaltet wurde.

Paul Stefan war in jungen Jahren zum Katholizismus übergetreten und er nahm seinen Glauben ernst. Auf seiner Beerdigung war alles versammelt, was ein Interesse an europäisch-musikalischen Ereignissen hatte. Die Trauerfeier fand in der Josefskirche in Yorkville statt. Mein Erlebnis dort bestand darin, daß ein Mann, den ich bis dahin flüchtig kannte, beim Hinausgehen mich in eine Unterhaltung verwickelte, an deren Schluß ich sagte:

»Auf meiner Beerdigung brauchen Sie bestimmt nicht in eine Kirche zu gehen.«

Pastor Forell antwortete: »Aber hoffentlich in eine Synagoge!«

Dieses an und für sich belanglose Gespräch sollte in meinem späteren Dasein eine große Rolle spielen. Es war wieder eine Saite angeschlagen worden, bei deren Erklingen ich sehr verstört war. Es war so, als wenn man einen Schlafwandler plötzlich anruft und er von seiner schwindligen Höhe herabfällt. So war ich in diesen Tagen erschreckt und beunruhigt, wenn irgend jemand ein Problem aufwarf, dessen Wichtigkeit von mir bewußt abgelehnt wurde.

Diese Februartage 1944 werde ich darum nicht vergessen, weil sie mich in einen Zustand versetzten, der weder vorher noch nachher vorhanden war. Ich ging wie ein Träumender umher, die Dinge um mich herum schienen weit entfernt zu sein, die Menschen kamen wie aus einem Nebel auf mich zu, ich selbst fühlte mich benommen und wie im Traum. Meine tägliche Büroarbeit erledigte ich rein mechanisch. Meine Existenz war schattenhaft geworden und ich wußte nichts damit anzufangen. Wie das meine Art war, so ging ich zu allen mir befreundeten Ärzten und erklärte ihnen meinen seltsamen körperlichen Zustand. Da man organisch nichts finden konnte, so erklärte man alles für nervös und empfahl mir die amerikanische Medizin, die »Take it easy« heißt.

An einem dieser Abende sah ich die Erstaufführung des Filmes »Song of Bernadette«. Hier begegneten mir zum erstenmal die Geschichte der Wunder von Lourdes und die Erzählung von jenem einfachen Bauernmädchen Bernadette, das die Heilquellen entdeckte. Die Darstellung von Jennifer Jones war so hinreißend und natürlich, daß auch der Ungläubigste erschüttert war. Der Film war nach dem Roman Franz Werfels gedreht worden, der ein Meisterwerk der deutschen Sprache ist und in der amerikanischen Übersetzung einen Millionenerfolg hatte.

Es war so, als ob die Geschichte des einfachen Landmädchens Bernadette, das in seiner verzückten Vision die »Dame« sieht, die im Grunde nichts Geringeres ist als die Madonna, trotz der realistischen und kriegsverwirrten Zeit des Jahres 1944 alle Herzen erobert hätte.

In der Einleitung zum Film sagt Werfel: »Für die, welche glauben, ist eine Begründung unnötig. Für die Ungläubigen eine Begründung zwecklos.«

Dieser Abend war für mich viel mehr als ein Filmerlebnis, über das ich zu berichten hatte. Während ich später an meiner Kritik schrieb, spürte ich plötzlich ein heftiges Verlangen, diesen Film noch einmal zu sehen, ich sehnte mich geradezu danach, aus dem Munde der zarten Bernadette die einfachen und klugen Worte zu hören, die mich bis ins Innerste getroffen hatten. Auch der nächste Abend fand mich wieder im Filmtheater und auch der übernächste.

Ich kann das heute nur trocken konstatieren, was damals beinahe unbewußt von mir erlebt wurde. Ich erlebte die Frömmigkeit, nicht die katholische oder evangelische oder irgendeine kirchliche Frömmigkeit. Ich begriff an diesen Filmabenden das Glück des Fromm-sein-Könnens.

Es ist schwer, in Worte zu fassen, was damals in mir vorging, so als ob in meinem Innern irgend etwas sich verändert hätte, so war es mit meiner Aufnahmefähigkeit bestellt. Es war nicht nur der Film.

Ich weiß, daß ich später zu Hause zum erstenmal seit meiner Kindheit den Wunsch hatte, beten zu können, aber ich war unfähig, zu sagen, in welcher Sprache ich es tun wollte. Ich weiß, daß ich mich dabei ertappte, wie ich das »Schma Jisroel« laut vor mich hinsagte.

Ich lauschte dem Klang meiner Stimme nach, aber ich konnte kein Echo hören ...

Es gab niemanden in diesen Tagen, mit dem ich darüber hätte sprechen können. So dachte ich. Ich wußte nichts von einem Freunde, den ich erst als solchen nach vielen Monaten begreifen sollte.

Ich war in diesen Tagen wenig mit Dir zusammen, mein Sohn, ich scheute mich davor, mein seltsames und nervöses Wesen Dir nahezubringen. Das trug sehr wesentlich zu meiner schmerzlichen Verstimmtheit bei, daß ich eigentlich ohne jeden Zusammenhang mit anderen Menschen leben mußte. Ich will nicht die fürsorgende Güte meiner guten Freundin Hertha vergessen, die wirklich alles tat, um die Schwierigkeit der damaligen Zeit zu lindern.

Aber wie alle Menschen meines Freundeskreises, so war auch sie in ihrer Arbeit versponnen und aufs Geldverdienen eingestellt, daß wenig Zeit blieb, gefühlsmäßigen Notwendigkeiten zu gehorchen. Das Merkwürdige an diesen Tagen des Februar 1944 war, daß in äußerlicher Beziehung sich gar nichts verändert hatte. Nun gut, ich fühlte mich ein wenig schlecht, aber war das ein Grund dafür, sich aufzuregen? Gewiß nicht.

Damals wußte ich es nicht, wie ich es heute weiß, daß in diesen Tagen ein Teil meines Inneren sich auflöste und verwandelte. Daß ich einem Tode entgegenging, den ich überleben sollte. Von heute aus gesehen, erscheint selbst das Sinnloseste der damaligen Zeit sinnvoll und notwendig. Ich ächzte unter meiner Körperlichkeit, die den Krankheitskeim in sich trug. Ich seufzte unter der Last einer seelischen Verstörung, der ich nicht Herr werden konnte.

Ende Februar bekam ich einen Brief aus Jerusalem, den ich in später Nacht zu lesen versuchte. Es war meine Nichte, die mir umständlich mitteilte, daß ihr Vater an einer Lungenentzündung gestorben sei. Ich begriff zuerst gar nicht, um wen es sich eigentlich handelte. Plötzlich überfiel mich mit Schrecken die Erkenntnis, daß mein einziger Bruder gestorben war.

Ich fühlte einen großen Schmerz, der ein wenig gemischt war mit dem Bedauern, ihn nicht noch einmal gesehen zu haben. Meine Nichte Mirjam schrieb mir auch, daß er bis zu seinem Ende in einem fort davon gesprochen hatte, wie schön es gewesen wäre, wenn er mich noch hätte sehen können.

Mein Bruder war am 10. Januar 1944 in Jerusalem gestorben. Er war in dem Lande, nach dem er sich immer gesehnt hatte, aber wie ich aus seinen letzten Briefen ersehen hatte, war er in irgendeiner Weise enttäuscht.

»Er wollte nicht mehr weiterleben«, so schrieb seine Tochter, und ich verstand es nur zu gut. Es paßte ganz zu dem Bild des armen pessimistischen Menschen, der er immer gewesen war. Der Zionismus, der ihm in den letzten Jahren alles bedeutet hatte, hatte ihm aber den Willen zum Leben nicht geben können.

Mein Zwillingsbruder war tot, und ich fühlte mein Alleinsein. Nicht, daß ich eine starke innere Gemeinschaft mit ihm gehabt hätte, aber ich wußte, daß ein Bruder unersetzlich ist. Ich empfand es genau so stark wie damals, als meine Mutter gestorben war.

Am 27. Februar ging ich zum Dienst wie immer, kam nach Hause wie immer. Nach dem Abendessen besuchte ich noch meine Freundin, die Schauspielerin Ellen Schwaneke, traf einige Menschen dort, plaudert und war angeregt wie meist. Um elf Uhr ging ich nach Hause.

Ich ging zu Bett, und als ich aufwachte, war es der 1. März.

Sechsundzwanzigster Brief

Niemand kann von seinem eigenen Tode berichten. Wenn ich das Wort »Tod« gebrauche, so tue ich es mit vollem Ernst. Es war der körperliche und geistige Tod, der mich damals ereilt hat. Es war mehr als das, was die Ärzte feststellten: eine doppelte Lungenentzündung mit einer Herzlähmung. Dagegen gab es Sauerstoff und Kampfer, Sulfa-Tabletten und andere Medizinen, es gab sorgsame Krankenhauspflege, ständiges Behütetsein und Aufpassen der Schwestern und Ärzte.

Als ich bewußtlos auf einer Bahre die Treppen hinuntergetragen wurde, um ins Krankenhaus zu fahren, da war mein Leben in jeder Weise am Ende. Ich weiß von diesen Stunden nichts. Es gab ein Aufwachen für Sekunden, ein plötzliches Versinken in einen ungesunden Schlaf, und es gab in dieser Nacht meines Sterbens eine quälende Sorge in mir, die nicht zur Ruhe kommen konnte.

Ich weiß es heute besser als je, daß nur das quälende Gefühl des Noch-nicht-fertig-Seins mich zwischen Leben und Sterben hin- und herriß. Das Gefühl, schwer erkrankt zu sein, war mir sehr undeutlich bewußt. Ich hatte keine Angst davor, ich hatte nur den Wunsch, aus diesem Dunkel wieder ans Licht zu kommen.

Es geschah in der Nacht, in der an meinem Ohr der Sauerstoffapparat brauste, in der mein besorgter Arzt Dr. Kaskel alles tat, um mein körperliches Leiden zu mildern. Es geschah in dieser Nacht, daß ich plötzlich ein Licht sah, das von keiner irdischen Quelle gespeist wurde. Es war ein Hellsein in mir und um mich; das Licht war tönend, es klang in allen Akkorden meiner geliebtesten Musik. Selbst wenn ich die Augen schloß, war dieses Licht da. Es war nicht drohend oder gefährlich, es war tröstlich und beruhigend.

Ich hatte kein Gefühl für Zeit und Raum, kein Gefühl für meinen Körper, der manchmal unter einer Injektionsnadel zuckte. Ich hatte nur ein tiefes, konzentriertes Gefühl des Sichausruhenmüssens, um wieder leben zu können.

Ich wußte gleichzeitig, daß ich nie wieder in mein altes Leben zurückkehren könnte. Mein Leben, das ich verlassen hatte, war ein unaufgeräumtes, ärmliches Zimmer, voll von Erinnerungen an eine böse und einsame Zeit.

Du, mein Sohn, warst in diesen Erinnerungen der bedeutendste Teil. Ich hörte Deine Stimme und Dein Lachen, das tröstend war und gleichzeitig sehr fremd. Das tönende Licht aber sang eine Melodie, die in keiner Symphonie vorhanden war, sondern in der Begleitmusik zu dem Film »The Song of Bernadette«. Die Musik wurde zum Bild. Das Gesicht, das rührende Kindergesicht der Jennifer Jones war dicht über mir und sprach zu mir kindlich einfältig-kluge Worte wie diese: »Es war eine Dame, ich weiß nicht, ob es die Madonna war, sie sprach nicht darüber.«

Ich war in dieser Nacht meiner Krankheit einsam wie nie zuvor. Aber es war eine andere Einsamkeit, als ich sie gekannt hatte. Es war ein alleinsein, nicht das Verlassenheitsgefühl, das mich in den letzten Jahren so oft quälte.

So glitt ich von der Sphäre des Todes in die des Lebens, aber es war kein Zurück, sondern ein Vorwärts, es war so, als ob der Abgrund dieser tödlichen Krankheit mich verschlungen hätte, um mich wieder auferstehen zu lassen.

Seit dieser Nacht kenne ich nicht mehr das Verlassenheitsgefühl, denn ich begriff, daß etwas Stärkeres als ich selbst da war, das mich schützte und behütete. In den Stunden und Tagen, die folgten, wurde mir immer klarer, daß ich zum erstenmal in meinem Leben erkannt hatte, daß ich ein Geschöpf Gottes sei.

Dieser Gott hatte noch keine Formen und Umrisse. Er war an keinen Glauben und kein Bekenntnis gebunden, aber eines wußte ich damals schon, es war nicht der strafende Jehova, sondern der verzeihende Christus. Und ich brauchte Verzeihung und Liebe; denn ich war schuldig gewesen, so tief schuldig, wie ein Mensch nur sein kann, der glaubt, daß er der Herr seines Geschickes wäre. Jehova hätte mich getötet, aber der Gott der Liebe erlöste mich.

Als ich aus dem Schlaf meiner Krankheit in das dämmernde Licht der Genesung erwachte, da war mir dies klar: ich war heimgekehrt zu Gott.

Es war eine gewisse Schwierigkeit für mich, all den Freunden und Menschen, die mich im Krankenhaus besuchten, von diesem innersten Erlebnis zu erzählen. Ich versuchte es einmal, einem Mitarbeiter der Redaktion gegenüber, der aber nur mit liebevollem Spott meinte: »Sie müssen wirklich sehr krank gewesen sein.«

Ich hatte genügend Zeit, über all das nachzudenken, was mich bewegte und über das ich mit niemandem sprechen konnte. Du weißt, mein Sohn, daß Du mich mehrmals besucht hattest, aber ich konnte Dir damals noch nichts von meinen inneren Erlebnissen erzählen. Es war alles so neu und frisch für mich; das Gebäude meines bisherigen Lebens erschien mir ruinenhaft und leer. Ich fühlte manchmal, daß ich zu schwach war, etwas Neues aufzurichten. Ich fühlte mich noch zu krank, um den Mut zu haben, eine neue Form zu gestalten.

Es war für mich nur eines klar: das Judentum genügte mir in seiner religiösen Gestaltung nicht. Ich konnte mich auf nichts besinnen, was in der jüdischen Religion auf meinen Zustand gepaßt hätte. Ich fühlte mich keineswegs bereit, nach rückwärts zu gehen, und wenn ich an ein Vorwärts dachte, so sah ich nur das gläubige Gesicht der Bernadette. Ich hörte auch schon den Spott der so gescheiten und wissenden Menschen:

»Ja, in der Krankheit findet man oft keine Stärke mehr, dem Leben zu trotzen.«

Ich habe diese Kraft nur in der Krankheit gefunden, aber ich wußte, daß man nicht gesund werden kann »von« etwas, sondern »für« etwas.

Es war ein merkwürdiges Gefühl, wenn ich daran dachte, daß ich nun die Aufgabe hätte, mein Gotteserlebnis auszusprechen. Wie kann man etwas aussprechen, ohne die Form zu wissen.

Es kam ein Tag, an dem ich den Mut fand, einen Freund zu bitten, mir die Bibel zu bringen. Er tat es auch. Nie hatte ich mit größerem Herzklopfen ein Buch betastet als dieses. Ich schloß die Augen und schlug es aufs Geratewohl auf, da fand ich *den Satz*, der mir alle Hemmungen und Bedenken fortriß, der mir die Kraft gab, an das zu glauben, was ich sehnlichst wünschte.

Es war der Satz aus dem dritten Kapitel des Johannes-Evangeliums: »Es sei denn, daß jemand von neuem geboren werde, so kann er das Reich Gottes nicht sehen.«

Diesen Satz las ich so lange, bis ich ihn ganz begriffen hatte. Ich verstand ihn. Das Erlebnis der Wiedergeburt war mir zuteil geworden. Hilflos, schwach und krank, aber mit neuen Kräften versehen, gleichsam wiedergeboren, das war mein Zustand. Damals empfand ich ihn wie etwas Schweres, aber heute weiß ich, daß es der Anfang zu einer unverlierbaren Glückseligkeit war.

Es war nun in den langen Stunden im Krankenhaus meine Lieblingsbeschäftigung, die mich erregte und zugleich beruhigte, im Neuen Testament zu lesen. Ich genoß jedes Wort und jede Silbe. Ich kostete, ich empfand die Schönheit und begriff den tiefen Sinn. Der Doppelsinn eines jeden Christuswortes wurde mir klar. Es waren Worte des Diesseits und zugleich des Jenseits, Worte, die eine greifbare und geistige Bedeutung zugleich hatten.

Oft lag ich da, schloß die Augen und dachte über das Gelesene nach. So vergingen meine Stunden im Dämmerschlaf, der aber eigentlich ein wacher, ja überwacher Zustand war. Ich hatte Zeit, über das Vergangene nachzudenken, und oft erschien es mir, als ob zwischen dem Früher und Heute Jahrhunderte liegen würden. Jener Brief des Paulus an die Epheser schien wie für mich geschrieben zu sein:

» . . . daher ihr keine Hoffnung hattet und waret ohne Gott in der Welt . . .«

Siebenundzwanzigster Brief

Die Zeit meiner Genesung kam heran, aber ich litt noch immer an den Folgen meiner Erkrankung. Es war ein Wiedererwachen zum Leben, doch ich fühlte mich schwächlich und wie zerbrochen. Ich hatte, als ich das Hospital verließ, kein Zimmer mehr und kein Heim, in dem ich eine sorgfältige Pflege hätte erwarten können. So war ich gezwungen, in ein »Nursing-Home« zu gehen, in dem ich ein schönes Zimmer mit Verpflegung und Betreuung erwarten konnte.

Ich mußte die meiste Zeit des Tages im Bett verbringen; denn ich war zu schwach, um lange aufzubleiben. Du erinnerst Dich, mein lieber Sohn, wie Du öfters die sechs Treppen zu meiner Etage hinaufsprangst, um mich zu besuchen. Der Aufenthalt in diesem Heim war für mich durchaus vorübergehend; aber ich wußte nicht, wohin ich nach meiner völligen Genesung gehen konnte. Es war ein In-den-Tag-Leben, ein Warten und eine Hoffnung, wieder meine Tätigkeit aufnehmen zu können. Mein Bankkonto war bis auf ein Minimum zusammengeschmolzen; nur durch die Hilfe einiger Freunde konnte ich den teuren Aufenthalt im Heim bezahlen.

Eines Tages war es so weit, daß ich in eine Pension am Riverside-Drive ziehen konnte. Ein kleines, helles Zimmer nahm mich auf, und die Wirtin war mütterlich besorgt, mir durch gutes Essen das Leben zu erleichtern. Dann ging ich wieder morgens um sieben Uhr in mein Büro, wo ich den alten Platz einnahm, so als ob nichts geschehen sei.

Aber es war etwas geschehen. Nicht nur die Krankheit, sondern auch das Begreifen meiner inneren Lage war das Ergebnis der letzten Monate gewesen. Es war seltsam, daß ich es eigentlich niemandem erzählen konnte, daß ich keinen Freund hatte, dem ich meine Wandlung begreiflich machen konnte. Ich hatte begriffen, daß alle Schmerzen und Leiden, alle Erniedrigungen, alle Not, die ich erlitten hatte, einen Sinn bekommen hatten. Ich hatte begriffen, daß das Leid »das schnellste Tier sei, das zur Vollkommenheit trägt«. Wenn ich auch fern von jeder Vollkommenheit war, so war ich einen kleinen Schritt vorwärtsgegangen; ja, vorwärtsgehen heißt heimkehren zu Gott.

Gott hatte mir die Leiden geschickt, die Schmerzen; er hatte mich an den Rand des Todes geführt, um mich zu sich zu rufen. Es war so, als ob die Nebelwand in meinem Innern dünner geworden wäre; langsam ahnte ich meine innere Landschaft, die von einer nie gesehenen Sonne beschienen wurde.

Es war für mich *das* entscheidende Erlebnis der Zeit, als

ich den Mut faßte, den Pastor Friedrich Forell aufzusuchen, und mit ihm begann, über mich selbst zu sprechen. Pastor Forell ist heute der beste Freund, den ich habe. Er hat damals besser als ein Arzt verstanden, meine seelische Verwirrung, in die ich gerade durch meine Erkenntnis oft geraten war, zu zerstreuen. Wenn ich mit ihm unter dem Kruzifix in seinem Zimmer saß, so sprach er nie von Christus, sondern über meinen Urgroßvater Samson Raphael Hirsch, den er verehrte, trotzdem er ein überzeugter und leidenschaftlicher Protestant war.

In diesen Gesprächen mit Forell wurde mir nicht nur meine eigene Lage klar, sondern auch die aller Juden, die eine wahrhafte Notlage genannt werden konnte. Besonders jetzt, nachdem die deutschen Juden als Vertriebene und Heimatlose über die ganze Welt verstreut waren.

Ich sah sie alle in meiner Pension klar vor Augen. Dort war der frühere Arzt, der ehemalige Rechtsanwalt, der einstige große Kaufmann mit allen seinen gewohnten Eigenschaften.

Ihnen meine Erkenntnis und Wandlung zu erzählen, wäre sinnlos gewesen. Sie hätten es mit Hochverrat bezeichnet, wenn ich ihnen meine Überzeugung mitgeteilt hätte. Mein Freund Forell kannte diese Menschen aus Europa sehr genau. Er versuchte mit allen Mitteln, ihnen zu helfen. Leiblich und seelisch. Es war ihm auch in einigen Fällen gelungen. Aber dies Hinausführen aus dem Dickicht eines zerstörten Lebens war keine leichte Aufgabe.

Mir wurde es immer mehr klar, daß meine innerste Bekehrung zum Christentum mehr als eine zufällige Bedeutung hatte. Ich fühlte langsam die Freude über mein Vorwärtsschreiten, aber ich war mir nicht bewußt, wie ich es hätte aussprechen können. Forell machte mir Mut zu mir selbst, ohne mich irgendwie zu drängen. Mit keinem Worte sprach er davon, daß ich die notwendige Konsequenz ziehen müsse, die darin bestand, mich taufen zu lassen. Es war so, als ob es ihm mehr auf die innere Befreiung als auf das äußere Bekenntnis ankäme.

Heute weiß ich, daß nur ein sichtbares Beispiel dazu beitragen kann, die Not der Juden zu vermindern.

Es waren schwere Wochen, in denen ich gegen mein körperliches Leiden ankämpfte. Ich hatte in der Arbeit große Mühe, meine Dienstpflichten zu erfüllen, und eines Tages im Juli brach ich völlig zusammen. Der Arzt riet mir zu einer sofortigen Operation, zu der ich mich entschloß. Es war ein Sommerabend, so schwül und heiß, wie er nur in New York möglich war, als ich mit meiner kleinen Handtasche nach Brooklyn ins Hospital fuhr.

Damals geschah es, daß ich meine Scheu überwand und betete. Ich sprach das Vaterunser nicht für mich selbst, ich bat nur um Erlösung von meinen Schmerzen und darum, noch so lange leben zu dürfen, bis ich meine Arbeit vollendet hätte.

Meine Arbeit?

Das erschien mir damals das Schwierigste: zurückzukehren zu dem Wort, es auszufüllen mit Sinn und Bedeutung, die Gestaltung eines inneren Vorgangs, das erschien mir damals schwer. Aber ich wußte, daß ich noch so lange leben müßte, bis es getan wäre. Als ich dann im Hospital lag, mit 25 Kranken in einem Raum, da war das Wirkliche des Lebens weit weg. Aber Gott war bei mir, und ich konnte nichts tun, als zu ihm zu beten um die Erfüllung meiner Wünsche.

Es war eine furchtbare Nacht vor meiner Operation; ich hörte die Kranken wimmern und röcheln. Neben mir lag ein alter Jude im Bett, der seine Operation hinter sich hatte und der nichts tat als stöhnen. Ich hörte einen anderen Kranken murmeln und wimmern, ich hörte die Geräusche des Krankenhauses wie eine Musik voller Dissonanz. Ich schlief kaum und am Morgen wurde ich in den Operationssaal gefahren.

Als ich aus der Narkose erwachte, war ich ohne jeden Schmerz. Mein körperliches Sein war ausgelöscht, in mir begann ein fernes Orchester zu spielen, es war die Melodie des Lebens, die langsam begann wieder aufzuklingen.

Nach einigen Tagen verließ ich das Krankenhaus. Ich war von meinen Schmerzen befreit. Ich freute mich, wieder ins Leben zurückzukehren, und wußte auch, daß ich den Mut haben würde, mein Innerstes auszusprechen.

Achtundzwanzigster Brief

Ich lernte während der Monate zwischen der Krankheit und meiner Genesung allmählich, daß die entscheidenden und besten Dinge im Leben immer dann sich ereignen, wenn der bewußte Wille ausgeschaltet ist.

So war ich zu meinem religiösen Erlebnis gekommen, während ich dachte, daß ich über alle diese Dinge erhaben sei. Die letzten Jahre hatte ich mit zusammengebissenen Zähnen voll Trotz gegen die Tücke eines mir sinnlos scheinenden Schicksals gelebt. Ich hatte die schwerste Zeit meines Daseins in Amerika hinter mir, eine Zeit, die mir in der Erinnerung weniger innerlich als äußerlich schwer erscheint. Denn innerlich wuchs das in mir, was sich später als Krankheit, Tod und Auferstehung offenbarte. Die Notzeit der damaligen Jahre mit ihrem Hunger und Elend, mit dem ewigen Sichabmühen um das Tägliche lagen nun hinter mir.

In jener Nacht, als ich durch die Gnade Gottes zum Leben wieder aufstand, da war alles Elende und Nichtige gestorben. Mein Wesen änderte sich nicht von einem Tag zum anderen; es war nicht so einfach. Die Jahre der Gottlosigkeit und des übersteigerten Ichbewußtseins waren zwar überwunden, aber ich fühlte ihre Narben noch.

Du mußt nicht glauben, mein lieber Sohn, daß ich einfach vom Atheismus zum Christentum gehen konnte, so einfach war das nicht. Es war etwa so, daß ich während der Lektüre im Alten Testament immer häufiger auf den Teil des Neuen Testamentes geriet, der mir tröstlich und sinnvoll erschien. Es war so, als ob ich etwas finden würde, nach dem ich lange gesucht hatte.

Ich fühlte mit einem Male das Glück, genesen zu sein, als eine tiefe Verpflichtung zur Menschwerdung. War ich nicht immer ein Mensch gewesen? Ja, aber ich war kreuz und quer gegangen, hin und her gelaufen wie einer, der seinen Weg nicht weiß. Ich erinnere mich, daß ich oft auf der Straße oder im Zimmer stehenblieb und laut vor mich hinsagte:

»Es muß doch mit mir einen Sinn haben?«

Ich fühlte nun, daß ich einen Weg gehen mußte, der meiner Tradition und Herkunft nicht gemäß war. Ich konnte es niemandem laut sagen, wenn mir auch manchmal das Herz zu voll war, um schweigen zu können. Meine Freundschaften mit fast allen Menschen bröckelten innerlich ab; ich kam mit ihnen noch zusammen, die als Freunde sich besonders während meiner Krankheit so bewährt hatten, aber der mir liebste Gesprächsgegenstand konnte nicht besprochen werden.

Es gab nur einen Menschen, dem ich in dieser Zeit mein Innerstes offenbaren konnte. Das war Pastor Forell. Es war keine Feigheit, das war es gewiß nicht, die mich hinderte, in meiner deutsch-jüdischen Pension, in der ich lebte, von meiner religiösen Wandlung zu sprechen, es war Scham vor dem Sichbloßstellen. Man konnte nicht erwarten, daß ich von dieser neuen Liebe sprechen konnte. Ich klagte öfters mir selbst mein Leid darüber, aber man kann sich selbst am wenigsten helfen.

Der Krieg war im Endstadium angelangt. Nazideutschlands Niederlage wurde von niemandem mehr bezweifelt. In unserem Büro wurde in dieser Zeit vom Frieden fast mehr gesprochen als vom Verlauf des Krieges.

Eines Tages wurde uns mitgeteilt, daß wir die Möglichkeit hätten, in unserer Eigenschaft als Beamte nach Europa zu gehen, wo wir nach unseren Fähigkeiten gebraucht werden konnten. Das Angebot war in materieller Hinsicht verlockend, aber mir erschien der Gedanke absurd, in diesem Stadium meines Lebens Amerika zu verlassen. Ich machte es mir und meinen Freunden klar, daß ich nichts in Europa verloren hatte, und daß meine Tätigkeit für die Regierung mit dem Kriegsende aufhören würde. Wie sich meine finanzielle Zukunft gestalten würde, wußte ich keineswegs. Ich muß gestehen, daß ich darüber sehr sorglos war; aber eines wurde mir mit Schrecken bewußt: eine Wiederholung der schrecklichen Zeit von 1942 durfte nicht stattfinden.

Als die offizielle Anfrage an mich herantrat, ob ich einen Posten in Europa übernehmen würde, sagte ich trotz meiner Bedenken zu. Damals ist es mir klargeworden, daß ich mein Leben von Grund auf zu ändern hatte. Allen Bedenken zum Trotz hatte ich mich gezwungen, die Stelle in Europa als einen Weg dazu zu begreifen. Doch war bis zu dem Termin noch eine lange Zeit; ich hatte mich verpflichtet, 60 Tage nach Kriegsende nach Europa zu gehen.

Um die Weihnachtszeit herum geschah es, daß es mir völlig klar wurde, daß in meiner umgekehrten Stellung dem Christentum gegenüber sich etwas ereignen müsse. Ich wagte diese Absicht noch nicht einmal meinem Freunde Forell zu erzählen. Ich fuhr über die Feiertage nach Providence, um meine Verwandten zu besuchen. Es war eigentlich ein merkwürdiger Einfall, da ich viel lieber einfach und fromm in die Kirche gegangen wäre, um das Weihnachtsfest zu feiern. Aber es war gleichsam ein Vorwand für mich, zu verreisen, denn so konnte ich mein inneres Wollen nicht ausführen. Du wirst es sicher unlogisch und merkwürdig finden, mein Sohn, daß ich immer noch nicht den Mut fand, die Dinge zu tun, die ich wollte. Aber da ich innerlich wußte, daß ich eines Tages alle die Dinge tun würde, die mir damals so notwendig erschienen, hatte ich eine merkwürdige Geduld in mir.

Auf diese Reise nahm ich als einzige Lektüre die Bibel mit, die mir seit langer Zeit die tägliche Lektüre war. Überraschenderweise kam ich in Providence mitten in das Channutta-Fest, und man nahm es als selbstverständlich an, daß ich mit zur Synagoge ging. Ich tat es auch. Und ich muß Dir die Geschichte erzählen, daß ich während des Gottesdienstes plötzlich die Hände faltete und das Vaterunser betete.

Ich sprach und bewegte die Lippen: »Unser Vater in

dem Himmel / Dein Name werde geheiligt / Dein Reich komme / Dein Wille geschehe auf Erden wie im Himmel.«

Ich sprach die Worte langsam und kostete jedes Wort aus. Es war kein Gebet, das ohne Verständnis heruntergeleiert wurde, es war für mich ein wörtliches Bekennen: voller Freude und in vollem Bewußtsein.

»Unser täglich Brot gib uns heute / und vergib uns unsre Schuld / wie wir vergeben unsern Schuldigern / und führe uns nicht in Versuchung / sondern erlöse uns von dem Übel.«

Ich hatte den Sinn des Vaterunsers vom ersten Augenblick des Kennenlernens an begriffen. Jetzt aber hier in der Synagoge während des brausenden Chorgesanges, empfand ich, wie gleichgültig es war, in welcher Form Gott angesprochen wurde. Der Gott des Vaterunsers war der Gott der Juden; wenn auch das Gebet ein christliches war, so war die Frömmigkeit dieses christlichen Gebetes dieselbe wie die des jüdischen. Doch es gab, so glaubte ich jetzt, in der jüdischen Lehre nicht ein einziges Gebet, das sich so direkt an Gott wandte, das den Menschen so frei und unbeschwert zu seinem Gott sprechen ließ, wie es hier im Vaterunser geschah. Gott wurde nicht angebettelt, Wunder zu tun, sondern der fromme Mensch sprach hier allein mit seinem Gott. Der Gegensatz zwischen dem jüdischen Ritus und dem christlichen Gebet war für mich so gut wie aufgehoben. In einen Schlußgesang hinein sprach ich andächtig den Satz:

»Denn Dein ist das Reich und die Kraft und die Herrlichkeit in Ewigkeit. Amen.«

Es war keine Blasphemie, sondern es war eine Notwendigkeit für mich, meine plötzlich empfundene Frömmigkeit in irgendeine Form zu bringen. Ich hörte den Chor singen, hebräische Worte klangen an mein Ohr; es war das schöne, beinahe weihnachtlich klingende Lied »Moaus zur«, das da gesungen wurde. Aber ich empfand nichts, gar nichts von irgendeiner religiösen Ergriffenheit beim Anhören des Liedes.

Aber die feierliche Stimmung des Gottesdienstes zwang

mich dazu, ein Gebet zu sprechen. Ich faltete die Hände und sprach das Vaterunser, lautlos und mit Bewußtsein. Während der Chor sang und die Gemeinde mit einstimmte, war ich wohl der einzige, der hier in den Worten der Bergpredigt zu Gott betete.

Natürlich hatte dies niemand bemerkt, aber jetzt empfand ich plötzlich so etwas wie Scham darüber, daß ich heimlich meine religiösen Gefühle äußern mußte.

Ich sagte mir: Man muß es laut bekennen, es hat keinen Wert, es leise vor sich hin zu sprechen, ein jeder muß es wissen. Es war nicht der Stolz, der mich zu dieser Erkenntnis zwang, es war etwas ganz anderes:

Ich fühlte die tiefe Verpflichtung, nicht nur durch den Übertritt zum Christentum zu dokumentieren, wie ich den Weg zu Gott gefunden hatte, sondern ich mußte es auch aussprechen und schreiben.

Der Apostel Paulus schreibt an die Römer: »Denn so man von Herzen glaubt, so wird man gerecht; und so man mit dem Munde bekennt, so wird man selig.«

Neunundzwanzigster Brief

Das Goethe-Wort: »Man soll nur das schreiben, was einem auf den Nägeln brennt«, ist für mich entscheidend geworden. Es brannte wirklich nicht nur »auf den Nägeln«, es wurde für mich Notwendigkeit, die Geschichte meines Lebens so darzustellen, wie ich sie jetzt empfand.

Die Judenfrage mußte in diesem Buche eine entscheidende Rolle spielen, denn es geht nicht um meine Person allein, sondern um den Rest der Judenheit.

Mein Weg als Jude ist nicht mit meinem Bekenntnis zum Christentum zu Ende.

Da heute in der Welt der Antisemitismus größer ist denn je, so wird er kaum in geographischer Weise erledigt werden.

Wenn ich meine kleinen Erlebnisse zum Anlaß nehme, den jüdischen Weg in den letzten 50 Jahren aufzuzeigen, so tue ich es nur, weil ich glaube, daß ein jeder nur von sich selbst berichten kann.

Die »Judenfrage« ist das, was der einzelne Jude als seine Frage begreift.

Es ist kein Zweifel, daß die Mehrzahl der überlebenden Juden sich zu einem Bewußtsein durchgerungen hat, das man als nationales Judentum bezeichnet.

Die Lehre vom Sinai ist zur sittlichen Botschaft geworden, an die die ganze Welt glaubt.

Es gibt nur ein geistiges, das ist ein Glaubensjudentum, das die Jahrhunderte überstanden hat. In einem Augenblick wie diesem, in dem die Mehrzahl der Juden vom Glaubensjudentum zu einem politischen Judentum hinüberwechseln will, ist es an der Zeit, ihnen zuzurufen:

Es geht um Erlösung des einzelnen von den Ketten einer Jahrtausende alten Geschichte.

Der Jude war auserwählt, die Lehre zu empfangen.

Seine Bemühungen, einzuwurzeln, sind dieselben wie in den europäischen Ländern. Dort ist er durch die Bestialität eines Rassenschwindels um das Beste betrogen worden, was er in dem letzten Jahrhundert erworben hat: der deutsche Jude war Deutscher, wie der französische Jude Franzose war.

Als er vertrieben wurde, verlor er seine Heimat, und in den meisten Fällen besaß er nicht einmal mehr den jüdischen Glauben. Das Erwachen des jüdischen Bewußtseins war die Erkenntnis, zu einer Minderheit zu gehören, die von der siegreichen Mehrheit beschuldigt wurde, alle nur denkbaren Verbrechen begangen zu haben.

Man sah sie in der großen Stadt New York umhergehen, wo sie mehr die Merkmale des deutschen Volkes trugen als die Zugehörigkeit zum Judentum. Die amerikanischen Juden stammten meist aus dem Osten Europas und hatten in der jiddischen Sprache ihre Muttersprache.

Den deutschen Juden war das Jiddische noch fremder als das Englische, sie sprachen gleichsam halblaut das Deutsche, da sie keine andere Sprache beherrschten.

So wurde ihre Stellung tragisch, da sie nach den Erlebnissen in der Alten Welt bemüht waren, diese zu hassen. In der Pension, in der ich wohnte, lebten hauptsächlich deutsche Juden, die vertrieben und verfolgt waren. Sie alle einte ein gemeinsames Schicksal, aber sie hatten kein gemeinsames Glaubensbekenntnis. Ihnen war auch nichts an der Religion gelegen. Sie hatten sie längst vergessen und aufgegeben. Was blieb, war wenig. Sie selbst waren sich der Tragik ihrer entwurzelten Existenz kaum bewußt. Sie bemühten sich, Amerikaner zu sein, wie sie sich um ein Deutschtum bemüht hatten, das ihnen von den faschistischen Machthabern bestritten wurde.

Alle diese Typen: der Arzt, der Rechtsanwalt und der Kaufmann, sie alle waren einst wichtige Vertreter der europäischen Intelligenz gewesen. Nun aber waren sie hier gestrandet und erhofften eine neue Zukunft. Sie lebten in schmalen, unansehnlichen Zimmern, sie, die einst Häuser und große Etagen bewohnt hatten. Sie gingen einem mühsamen Broterwerb nach und waren froh, das Lebensnotwendige zu bestreiten. Sie schlossen sich in Gemeinschaften zusammen, die aus Menschen bestanden, welche aus denselben Orten und Landschaften stammten wie sie selbst. Dort schwelgten sie in Erinnerungen an eine schönere Zeit und hatten Hoffnungen für eine bessere Zukunft.

Es gab dies: Vergangenheit und Zukunft, aber keine Gegenwart.

Sie spielten eine heroische Rolle, aber sie waren schlechte Schauspieler. Die Kostüme waren verschlissen und die Dekorationen verblaßt. Die tragische Situation, in der sich die meisten Emigranten befanden, schien ohne Ausweg zu sein. Mit wenigen Ausnahmen dachten sie nicht an eine Heimkehr in das alte Land. Für die Kinder war die Lage anders. Ihnen war es möglich, die kaum gekannte Heimat gegen eine neue einzutauschen.

Aber die Alten mußten mit diesem Leben ohne eine Gegenwart rechnen.

Wenn ich diesen Menschen von meinem Weg und meiner inneren Entscheidung erzählt hätte, sie hätten mich kaum verstanden. Denn ihre geistige Not war nicht mit einer religiösen verbunden.

Selbstverständlich bezieht sich dieses nur auf die Juden, denen das Orthodoxe gleichgültig geworden war. Ich erinnere mich eines Abends im Kreise von sehr orthodoxen Menschen, in dem mit keinem Worte die politische Situation erwähnt wurde; die frommen Juden lebten unberührt von den äußeren Ereignissen, die oft hart waren. Sie lebten in einer Welt des Glaubens, die unerschütterlich schien.

Es war für mich in dieser Zeit sehr schwer, mit Menschen umzugehen, denen ich mein inneres Verhältnis zum jüdischen Glauben nicht erklären konnte. Es ereignete sich damals, daß der Oberrabbiner von Rom zum Katholizismus übertrat. Die Empörung unter gläubigen und ungläubigen Juden war gleich groß. Man nannte ihn einen Verräter, der den Glauben seiner Väter in der Notzeit verlassen habe.

Ich wagte in einer Diskussion darüber zu sagen: »Immer ist Notzeit; denn es gibt in der Geschichte weder Stillstand noch Sicherheit.«

Ich stand mit meiner Ansicht ziemlich allein.

Wenn ich damals, so wie ich es heute tue, deutlich gesagt hätte:

»Auch ich bin auf dem gleichen Wege«, dann wäre ich, milde gesagt, mißverstanden worden.

Ich war nun auf der Suche nach irgend jemand, der mir gleichgesinnt war, der meine Not und meinen Weg als den seinen begreifen würde. Es wäre damals viel bequemer gewesen, wenn ich in folgerichtiger Weise die Brücken zu meiner Vergangenheit abgebrochen hätte. Aber ich tat es nicht. Es wäre meiner Art zuwider gewesen, und so lebte ich weiter wie bisher.

Freilich, die Abende mit meinem Freund Forell waren eine wahre Erholung für mich; hier fand ich Verständnis und Förderung, Klärung und Ermunterung zu meinem eigenen Weg; selten geschah es, daß Forell irgendeine Handlung von mir mißbilligte. Er versuchte nur, mir das Sinnvolle zu erklären, das in den unscheinbarsten Dingen verborgen ist.

Es war für mich mehr als ein Trost, wenn er sagte:

»Man muß seinen Weg allein gehen, ich kann Ihnen nur einige Steine aus dem Weg räumen, das ist alles.«

Ich lebte damals in wirklicher Einsamkeit, ohne mich verlassen zu fühlen. Ich war bemüht, mein Inneres zu klären, mit dem Vergangenen fertig zu werden, um die Gegenwart gestalten zu können.

Es gab eine kleine Gemeinschaft, in der ich mich wohlfühlte. Es waren einfache Menschen dort, die ihre seelischen Nöte offen besprachen. Zuerst schien es mir ein wenig lächerlich zu sein, aber dann begriff ich, daß das Aussprechenkönnen eine Notwendigkeit ist, ohne die viele Menschen schwer auskommen.

Diese Stunde wurde Bibelstunde genannt und fand jeden Mittwoch im Saal der Presbyterianischen Gemeinde in der 95. Straße statt. Pastor Forell war meist der Sprecher des Abends, an welchem ein Kapitel aus der Bibel vorgelesen und darüber diskutiert wurde.

Es fand alles in deutscher Sprache statt, denn die Besucher der Bibelstunde waren meist deutsche Emigranten. In der Mehrzahl jüdische Emigranten, die keinen anderen Platz gefunden hatten als diese christliche Bibelstunde. Trotz mancher Wesensunterschiede fand ich dort einige Menschen, die mir seelenverwandt waren.

So war der Mittwochabend bei Pastor Forell für mich eine schöne Gelegenheit, Klarheit über mich selbst zu gewinnen.

Dreissigster Brief

Im Februar des Jahres 1945 wurde ich zur militärärztlichen Untersuchung für meine Tätigkeit in Deutschland bestellt. Ich hatte nicht viel Vertrauen, daß ich das Examen bestehen werde. Um so überraschter war ich, daß ich tauglich befunden wurde. Nun war es entschieden und ich befand mich in seltsamer Stimmung. Der Abschied von Amerika bedeutete in erster Linie den Abschied von Dir.

Das Bewußtsein, tätig und aktiv zu sein und die materielle Sicherheit für ein ganzes Jahr zu haben, erleichterte mir vieles. Noch war Krieg und meine Einschiffung nach Europa würde vertragsgemäß erst 60 Tage nach dem Siege erfolgen. Es erschien mir, als ob die Zeit bis dahin sehr schnell vergehen würde. Ich hatte plötzlich das Gefühl, daß ich vor einer ganz neuen Wende meines Lebens stünde. Diese Europafahrt, so dachte ich, war mehr als ein geographischer Ortswechsel. Es war ein merkwürdiges Gefühl, wenn ich daran dachte, nach Deutschland zurückzukehren, in Uniform, als Teil der Besatzungsarmee. Das Ganze war für mich beinahe unvorstellbar; mir war klar, daß mich diese Fahrt nach Europa verpflichten würde, mit wachen und kritischen Augen mir über jeden Tag Rechenschaft zu geben.

Als ich mit meinem Freund Forell über die bevorstehende Veränderung sprach, da wurde mir während meiner Unterhaltung klar, daß ich vor meiner Abreise den Schritt tun müsse, der meiner augenblicklichen religiösen Einstellung entsprach.

Am Karfreitag 1945 wurde die Matthäus-Passion in ungekürzter Form in der Carnegie-Hall gegeben. Bruno Walter war der Dirigent. Ich machte es trotz meiner Arbeit im Büro möglich, der Karfreitagsaufführung nachmittags um 2 Uhr beizuwohnen. Ich wußte, daß dies das letzte größere Konzert sein würde, das ich wohl in Amerika hören würde.

Ich wußte gleichzeitig, daß diese Aufführung der Matthäus-Passion zum erstenmal von mir in ihrer wirklichen Bedeutung erlebt würde.

Denn am Abend des Karfreitags sollte ich durch Pastor Forell in die christliche Gemeinschaft aufgenommen werden.

Während alle Aufführungen, die ich vorher viele Jahre hindurch gehört hatte, hauptsächlich durch die Musik des Johann Sebastian Bach bedeutungsvoll gewesen waren, so waren es diesmal der Text aus dem Evangelium des Apostels Matthäus und die Leidengeschichte Christi, die für mich das große Erlebnis darstellten.

Als die Musik zu spielen begann und der Choral »Kommt,

ihr Töchter, helft mir klagen« gesungen wurde, versank für mich die Gegenwart völlig. Ich vergaß, daß ich in New York war, ich glaubte, in der Garnisonskirche in Berlin zu sein, in der ich so oft die Passion gehört hatte. Die Musik weckte meine Erinnerungen auf und ließ mich Zeit und Raum überwinden.

Und doch war es heute so anders als früher. Ich hatte die Matthäus-Passion als rein musikalische Angelegenheit begriffen. Heute war es so, daß ich jedes Wort auf mein eigenes Schicksal bezog. Innerlich sprach und sang ich den Text mit, den ich beinahe auswendig kannte. Der Dirigent Bruno Walter leitete das Orchester, ohne eine Partitur vor sich zu haben. Aus ihm strömte die Begeisterung und riß Musiker wie Chor mit.

All die süßen Arien, die herben Choräle, sie wirkten auf mich, als ob ich sie nie gehört hätte. Und doch hatte ich beinahe an jedem Ostern ihnen gelauscht.

Dies war das überwältigende Erlebnis des Karfreitages 1945, daß ich die Matthäus-Passion wie erstmalig hörte und doch jeden Ton kannte. Die Aufführung war ohne jede Kürzung. Dies war für mich neu. Aber es war ohne jede Langeweile, ja, man freute sich, wenn eine Arie zu Ende war, sie noch einmal zu hören. Auf die Frage:

»Welchen wollt ihr, daß ich euch losgebe, Barabbas oder Jesus, von dem gesagt wird, er sei Christus?« antwortete die Menge mit einem Schrei:

»Barabbas!« Die Stimme des Orchesters wie des Chors schrie im Fortissimo. Befehlend, gierig ... sie wollten den Erlöser am Kreuze sehen. Pilatus fragte: »Was soll ich denn tun ...?« Die aufgehetzte Menge schrie ekstatisch: »Laß ihn kreuzigen ...!«

Pilatus aber wusch seine Hände, sagte: »Ich bin unschuldig an dem Blut dieses Gerechten ... sehet *Ihr* zu ...«

»Da antwortete das ganze Volk und sprach: Sein Blut komme über uns und unsere Kinder!«

Wie oft hatte ich diese Passion gehört, und doch jetzt, heute in der »Carnegie-Hall« in New York, heute am Karfreitag des Jahres 1945 traf es mich wie noch nie.

Ich sah mit wachsender Klarheit den Weg zur Erlösung. Es war keine Flucht gewesen, es war der Weg, den zu gehen *Gott* mir befohlen hatte.

Der Weg von meiner Krankheit bis zu diesem 30. März 1945 war kurz gewesen, und doch schien es mir, als ob ich in diesem einen Jahr mehr erlebt hatte als zuvor.

Was damals in meinen Fieberträumen begann, war nun Wirklichkeit. Ich hatte den Weg gefunden, der zurück zu Gott führte, oder besser gesagt, vorwärts zu Gott.

Während die Musik das Violinsolo des zweiten Teiles spielte, war mir, als ob die Sonne aus einer dicken Nebelwand hervorbräche, diese Sonne, die tönend war und rauschend und strahlend hell, die auf alles Geschaffene leuchtete und auch auf mich.

Ich wußte, während ich der Musik lauschte, daß ich nun endlich den Weg zu mir selbst gefunden hatte.

Ich erlebte diese Aufführung der Matthäus-Passion in einer Erregung, die mich zutiefst beruhigte. Es würde nun meine Aufgabe sein, aus dieser Erregung zu dem zu kommen, was mir immer vorgeschwebt hatte: der Einheit meiner inneren und äußeren Existenz.

Es war der Spätnachmittag, an dem die Aufführung endete, der Chor sang: »Wir setzen uns mit Tränen nieder«, und ich saß unter ihnen, durfte mitweinen, mit Tränen vergießen, da Christus auch für mich gestorben war.

Als ich die 57. Straße hinunterging, glaubte ich, noch nie zuvor das dämmernde Licht des Abends gesehen zu haben. Ich fühlte mich wie neu erschaffen und hatte keine rechte Erinnerung mehr an das, was vorher gewesen war. Ich war in die Aufführung der Passion hineingestiegen wie in ein Bad, das mich erfrischt und verjüngt hatte. Mit freudigem Herzklopfen ging ich zum Central-Park, wo mein Freund wohnte.

Wir drei, Forell, seine Frau und ich, wußten genau, was dieser Abend bedeutete. Um 9 Uhr abends wurden die Kerzen angezündet, der Pastor zog seinen Talar an und ich nahm auf einem Stuhl Platz. Es war ein merkwürdiges Gefühl für mich, daß ich nun in Wirklichkeit das erleben durfte, was ich mir so sehnlich gewünscht hatte.

Als ich die Wassertropfen auf meiner Stirn fühlte, wußte ich, daß mein Leben einen neuen Sinn bekommen hatte.

Ich war am Ende einer langen Reise angelangt, ich war aber nicht ermüdet, sondern frisch und bereit, einen neuen Pfad zu beschreiten.

Pastor Forell fragte mich: »Nun, wie fühlen Sie sich?« Ich aber antwortete.

»Ich glaube, ich war niemals ein besserer Jude als heute!«

Schlussbrief

Mein lieber Sohn, nun habe ich Dir mein Leben erzählt. Es sind 30 Briefe, die ich an Dich schrieb; wenn es Dir manchmal scheint, als hätte ich mehr zu mir selbst als zu Dir gesprochen, so mußt Du bedenken, daß ein gutes Selbstgespräch das beste Zwiegespräch ist.

Ich habe Dir von mir berichtet und mich bemüht, das, was mir wichtig erscheint, zu erzählen. Ich war immer bemüht, Menschen zu treffen, Menschen kennenzulernen, ich war neugierig und beinahe versessen darauf, Freunde zu finden. Ich fand viele. Doch ich vergaß dabei, mich selbst zu finden.

In der Jugend glaubt man, daß das Wissenswerte und Erlebnisreiche von außen kommt. Aber mit dem beginnenden Alter sieht man ein, daß nichts abenteuerlicher und erlebnisreicher ist als man selbst.

Es ist keine Überheblichkeit, wenn ich das sage, denn mein Leben ist nicht wichtiger als das eines jeden Menschen.

Doch man muß sich darüber klar werden und begreifen, daß »das Leben« nichts weiter ist als unser Leben. Wir können nichts anderes sehen als das, was uns angeht.

Und es kommt darauf an, den Kreis der Wahrnehmung zu vertiefen, nicht zu erweitern.

Ich dachte an Dich, als ich mein Leben erzählte, Du warst bei mir, nicht in Wirklichkeit, aber ich fühlte Deine Nähe. Ich habe mich bemüht, den wirren und verschlungenen Pfad meines Lebens zu klären. Ich hoffe, daß Du es verstehen wirst, daß Du nicht auf Seite 20 aufhören wirst, es zu lesen.

Meine Erzählung soll Dir in keiner Weise zum Vorbild dienen, sie soll Dir nur zeigen, wie ich versuchte, den rechten Weg zu finden.

Ich ging kreuz und quer, ich stolperte, und oft schien es, als ob ich in einen Abgrund stürzen würde.

Ich wußte immer, daß mich in letzter Minute irgend etwas retten würde.

Ich wußte nie genau, was es sein könnte, eine Frau oder ein Mann, ein beglückendes oder ein trauriges Erlebnis.

Jetzt weiß ich es: Gott errettete mich vom Tode und führte mich zum Leben zurück. Es war in jener Nacht, als ich beinahe mein körperliches Sein aufgeben mußte, daß ich es als notwendig begriff, zu Gott zurückzukehren.

Es gibt im Leben eines Jeden den Augenblick, in dem das schicksalvolle Pochen ertönt, auf das wir antworten müssen.

Es gibt nur ein Ja oder ein Nein, kein Ausweg ist mehr, möglich, der die Entscheidung aufschieben könnte. Das Religiöse war in mir nur verschüttet, es war noch vorhanden.

In den lauten Jahren meines Lebens hatte ich die Stimme Gottes nicht gehört. Aber ich wußte, daß ich sie eines Tages vernehmen würde. In der Nacht meiner Auferstehung hörte ich diese Stimme, die mich seither niemals verlassen hat.

Man kann nur sein kleines Tagewerk verrichten; es gilt nicht, etwas Bedeutendes und Wichtiges zu tun.

Jedes Ding ist wichtig, wenn man es so begreift. Rilke sagte es im »Stunden-Buch«:

> »Es gibt im Grunde nur Gebete,
> So sind die Hände uns geweiht,
> Daß sie nichts schufen, was nicht flehte;
> Ob einer malte oder mähte,
> Schon aus dem Ringen der Geräte
> Entfaltete sich Frömmigkeit.«

Ich hatte geglaubt, glücklich zu sein, ich war es sicherlich für Augenblicke in den 50 Jahren meines Lebens. Das Zeitliche habe ich genossen und in meiner Arbeit versucht, in das Ewige vorzustoßen. Ich weiß nicht, ob es mir gelungen ist.

Der Hunger nach dem Glück wurde nie gestillt, bis ich meinen Weg zu Gott erkannte, und dann sollte mich nichts mehr zurückhalten. Mir war klar, daß es nicht der ausgefahrene Weg sein würde, auf dem ich während meiner Kindheit mühselig und sehr gezwungen wandern mußte. Es war ein neuer Weg.

Es war ein Weg, der zur Höhe führte, auf deren Gipfel ich die Gestalt des Erlösers ahnte.

Es war das große Judenerlebnis, das über mich gekommen war; denn niemals fühlte ich das Auserwähltsein stärker als in jener Nacht, in der ich vom Tode zum Leben auferstand.

»Mein Weg als Jude«, so müßte dieses Buch heißen, aber es scheint mir, als ob es besser und richtiger heißen würde: »Der Weg des Juden.«

Ich weiß, daß das, was ich heute tue, frevelhaft ist in den Augen vieler gläubiger Juden, doch ich bin besessen und verpflichtet, dieses zu tun; denn es gibt nichts anderes für mich.

Mein Weg als Jude führte zu Christus; freudig und ohne jedes Zögern tat ich diesen Schritt, weil ich anders nicht existieren konnte. Es ist der einzige Weg, den jeder Jude begreifen sollte. Wenn einige diesen Schritt, den ich tun mußte, mißverstehen, wenn sie mir vorwerfen sollten, daß ich mich vor dem Judenschicksal retten wollte, so muß ich sagen, daß es nicht um Rettung, sondern um Erlösung geht.

Christus ist ein Jude gewesen, wie die Apostel es waren. Christus starb nicht nur für die Juden, er erlöste durch seinen Tod alle Kreaturen Gottes.

In meiner Todesnacht kehrte ich heim zu *Gott*. Der Herr aber erweckte mich und führte mich zu *Christus*.

Karl Jakob Hirsch wurde am 13. November 1892 in Hannover geboren. Nach Absolvierung der Schulzeit im Goethe-Gymnasium studierte er an den Universitäten und Akademien in München, Berlin und Paris Kunstgeschichte und Malerei.

Von 1919–1925 war er Ausstattungschef der Berliner Volksbühne. Von 1925-1933 arbeitete er als Journalist für die Ullstein-Zeitungen: »Vossische Zeitung« und »B. Z. am Mittag«. 1931 veröffentlichte er den Roman »Kaiserwetter« im S. Fischer-Verlag, Berlin, nach Vorabdruck in der »Frankfurter Zeitung«. Dieses Buch wurde am 10. Mai 1933 von den Nazis verbrannt. 1932 erschien der Roman »Felix und Felicia« im S. Fischer-Verlag, Berlin und 1938 als »text-book« in Englisch-Deutsch im Verlag Farrar & Rinehart in New York.

1933 verließ er Deutschland und arbeitete in der Schweiz als Kunst- und Theaterkritiker für das »Luzerner Tageblatt«. Dann ging er nach den Vereinigten Staaten, wo er in New York in den Redaktionsstab der sozialdemokratischen »Neue Volkszeitung« als literarischer Herausgeber eintrat. Er veröffentlichte dort neben Film- und Theaterkritiken die Romane »Hochzeitsmarsch in Moll« und »Gestern und Morgen«, sowie das »Tagebuch aus dem 3. Reich«.

1936 wurde er aus Deutschland ausgebürgert und 1940 amerikanischer Staatsbürger. Er war Mitglied des Internationalen *»Pen-Club«;* seine Bücher sind im *»Who's Who«* London verzeichnet.

1945 kehrte er nach Deutschland zurück und starb am 8. Juli 1952 in München.

Sein Nachlaß befindet sich im K. J. Hirsch-Archiv bei der Akademie der Künste, Berlin.

Hermann Broch hat von der liebenden Ungeduld des künstlerischen Menschen nach Erkenntnis gesprochen, die er am Beispiel des im Lebensabend stehenden Vergil demonstrierte, der zurückblickend ein Urteil der Wahrheit über das geleistete Werk fällt, sehr zum Unwillen der öffentlichen Meinung und der staatlichen Gewalt. Auch K. J. Hirsch tendierte überzeugt in dieser Richtung. Wenige Jahre vor dem Tode nahm er auf seine Weise die »Gelegenheit der Erkenntnis« wahr, um Rechenschaft abzulegen über seine Existenz, die er als Selbstbiographie kritisch erzählte. Geschrieben in der historischen Situation des endlich herannahenden Kriegsschlusses und der bevorstehenden Rückkehr des Emigranten nach Deutschland, von einem Menschen im Umbruch, ja, wie er selbst sagt »am Ende« seiner »Existenz«, entstand auf diese Art mehr als eine Selbstbiographie. K. J. Hirsch nennt dialektisch sein Buch ein »Selbstgespräch« als »Zwiegespräch«, Statuierung eines »Beispiels« ohne den Anspruch auf »Vorbild«. Die kritisch akzeptierte Lebenserfahrung wird aufgezeichnet.

Aufzeichnungen, allerdings unter dem Namen des modernen Hamlet-Konterfeis »Malte Laurids Brigge«, hatte auch R. M. Rilke geschrieben, den K. J. Hirsch verehrte und aus dessen »Stunden-Buch« er in seinem Lebenstext zitiert. Für R. M. Rilke waren es Notizen »der eigenen Not«, vermerkt auf dem Kulminationspunkt der »ins Bodenlose gehängten« Existenz, Protokolle des Lernens und der Erfahrung. K. J. Hirsch schrieb seine Aufzeichnungen als Briefe an den eigenen Sohn und darüber hinaus als Episteln eines kritischen Vertreters der Vätergeneration an die Generation der Söhne, die ein bitteres Erbe aufzuarbeiten hat. Es sind 30 Briefe und ein Schlußbrief über ein halbes Jahrhundert des Lebens und seine Verstrickung in Geschichte und Gesellschaft. Es sind Texte der engagierten Distanz, sprachliche Verdeutlichungen eines Menschen auf dem Wege zur Selbstfindung, Bewußtwerdungen der Straßen und Wanderungen des Ichs, seiner Stationen, seiner Irrungen, Relationen und Erlebnisse, aber auch seines Ziels. K. J. Hirsch hat die Erfahrung immer als Lehrmeisterin anerkannt, die er aktiv respektierte und in seinem vielfältigen Werk rekapitulierte: gesellschaftlich, politisch, pädagogisch, aufklärend und bildend. Hier hinterließ er seine eigene Existenz als »Beispiel« gebendes Erbe, erteilt er den Vatersegen als praktikable Projektion exemplarischer Erfahrung.

Das Gesetz, der Grundbegriff des religiösen Judentums, zu dem sich noch der Vater des Autors bekannte, steht als unbewußtes Regulativ immer im Hintergrund, selbst in der Zeit atheistischer Haltung. Dieses Gesetz wird zum Rückgrat der Humanität, zur ethischen Kraft der Ordnung, die den Autor innerhalb seiner kritischen Retrospektive zu treffenden Beurteilungen nicht nur des eigenen Lebensganges, sondern auch der geschichtlichen Begebenheiten und Persönlichkeiten der Wilhelminischen Epoche, der mißglückten Novemberrevolution von 1918, der Weimarer Republik und des brutalen Dritten Reiches befähigte. Der Satz »Wenn ich heute an diese Zeit zurückdenke« kehrt refrainartig in dieser Ballade eines Ichs in Briefen immer wieder und ist charakteristisch. Es ist der Blick aus dem Fenster der Gegenwart in die Vergangenheit um der Zukunft willen.

Goethe hatte seinen »Werther« in Briefen geschrieben, um derart »Erdentränen in Götterlust zu verwandeln«. K. J. Hirsch bediente sich der Form des Briefromans nicht zur Verschlüsselung, sondern zur entschlüsselnden Dokumentation des Lebens. Er forderte wie Sartre und Camus über die politische Aktivität hinaus eine Aktion der Existenz und griff damit das Thema des Expressionismus von der »Erneuerung des Menschen« auf anderer Ebene noch einmal auf, einer Erneuerung, die er für seine Person religiös und konfessionell zu lösen unternahm. »Neugierde« und »Kindlichkeit« galten ihm als jene Elemente, die ihn »alles überstehen« ließen, also zwei Faktoren, die nur von der Terminologie eines R. M. Rilke her begreifbar sind, die wie einst den aus Prag kommenden Worpsweder und Pariser Rilke jetzt auch den aus